格桑花
姿姿势势

刘琼

著

长江出版传媒 | 长江文艺出版社

图书在版编目（CIP）数据

格桑花姿姿势势 / 刘琼著. -- 武汉 ：长江文艺出版社， 2022.1

ISBN 978-7-5702-2381-7

Ⅰ. ①格… Ⅱ. ①刘… Ⅲ. ①散文集－中国－当代 Ⅳ. ①I267

中国版本图书馆 CIP 数据核字(2021)第 182570 号

格桑花姿姿势势
GESANGHUA ZIZISHISHI

责任编辑：胡金媛   责任校对：毛　娟

封面设计：小　一   责任印制：邱　莉　　王光兴

出版：长江出版传媒 长江文艺出版社

地址：武汉市雄楚大街 268 号   邮编：430070

发行：长江文艺出版社

http://www.cjlap.com

印刷：武汉市籍缘印刷厂

开本：880 毫米×1230 毫米   1/32   印张：9.125   插页：1 页

版次：2022 年 1 月第 1 版   2022 年 1 月第 1 次印刷

字数：123 千字

定价：39.80 元

目　录

格桑花姿姿势势

格桑花姿姿势势

格桑花姿姿势势

从张掖城区驱车两个半小时，然后弃车，爬上一道缓坡，用彩色藏文刻在石碑上的"马蹄寺"三字出现了。

愿意的话，停下来，转一转经轮。对面是祁连山，山顶的皑皑积雪此刻看得最清楚。马蹄寺挂在左边的石壁上，需要继续上坡。虽然深陷青藏高原和内蒙古高原合围的黑河冲积川地，毕竟海拔也有2400多米，这会儿节奏放慢点儿好。坡道两边，格桑花姿姿势势，在缺水少雨的西北高寒腹地，头顶八片纤秀的花瓣，浅粉、玫红、酱紫、橘黄……一枝一枝，一簇一簇，从意想不到的角落又一次冒了出来。

第一次看见这花，是在楼下邻居家的院墙上。小区落成不久，因为涉外，外国人以及台湾、香港人不少。他们是英格兰人，一大家子，夫妻俩加上三个大男孩，还有保姆，体形都很健硕，看起来更像北欧人。健硕的女主人经常穿着白色长袍在庭院里走动，影影绰绰间，我总把他们当作印巴人。或许是有在印巴生活的经历吧？没有问过，碰面只是微笑。他们的英伦特点其实很典型，比如安静的性格，比如对园艺的热爱。对园艺的热爱，使他们即便在北京这样一个雨水少沾、风沙肆虐的城市暂居，也不忘种花植草。庭院像一枚狭长的书签，栽在盆里、挂在墙上的，便是这种花草。在北京，它们叫波斯菊。波斯菊蓬蓬勃勃，又纤纤柔柔，从仲夏一直开到初秋。初秋之后，我看见他们家的庭院里曾种过另一种枝叶和花都十分细小的草本植物。

花有千姿百态，各花入各眼。比如土生土长的"老北京"，甚至包括我们这些已经被改造的一代二代移民，有了露天阳台或者院子之后，首先种的总归是月季之类。各种各类各颜各色的月季，构成了北京的花草背景。如果是在风清气朗的日子，又恰好是月季盛开的日子，你就会看到全天下的月季似乎都被栽到了北京城，单瓣的、双瓣的，大棵的、小枝的，有香味的、无香味的，杂交的、纯种的，应有尽有，饱满、生动以至完美。此时此刻，仿佛所有的辛劳、疲倦、不适，所有的怀旧、比较、不满，都可以灰飞烟灭，留下的只是眼前这北京的好。北京的好，当然不止这一条。我在北京三四环边上住了二十多年，眼瞅着人多了、楼高了、路堵了，间或有外地朋友特别是那些一直住在山清水秀地方的朋友会调笑，问，住在北京到底有什么好？北京的不好显而易见，可以枚举，比如房价高、交通拥堵。但北京的好更好，比如冬天有暖气夏天干爽，比如开放包容，等等，难以言尽。只冬天有暖气这一条，江南的朋友就艳羡不已。四季分明的江南，一进三九，大家只能生扛着挨过潮湿寒冷的冬天，那种阴冷的滋味可真是刻骨铭心。北京的四季里，最令人挂怀的还是老舍先生曾经怀恋和吟咏过的"北平的秋"。北京秋季的好，也与植物有关，比如银杏，比如秋菊，比如火柿子。天安门城楼旁边的太庙劳动文化宫，以前每年秋天都举办菊展，熙熙攘攘，去看的人不少。比起菊花，我更爱银杏。三里屯东五街的银杏大道，在我的眼里，真是比巴黎的枫丹白露还要美。银杏的美是高贵的美，精致的造型，灿烂的颜色，美得如此洋气，却不娇气，银杏比杨槐好养。有了银杏的北京，整整一秋，都散发着诗意。在这样的季节，在北京，再加上枝头挂着的那些火红的柿子，不需要去什么香山后海，随时随地，都可以入画。

比较起来，波斯菊是北京庭院的外来户，不常见。因此，第一次在英国人的庭院里看见时，我想一定是它们的主人把乡愁种到了北京，温湿的西欧才是它的故乡。它们的模样看起来即便不是长在"牛奶和蜜之所"，也应该长在水源充足的地方。波斯菊这个名字，听起来似乎也是洋妞在北京。所以，很长时间里，我都没有把它们与格桑花，与高寒联系在一起。虽然，格桑花在我的记忆里，像唐古拉山，像青藏高原，像珠穆朗玛峰，仿佛比传说还要久远。

使劲想了想，第一次接触格桑花，应该是很小的时候。从一个双卡录音机里，听到藏歌《格桑花》。"格桑拉，祝我们大家幸福哟，祝我们大家吉祥，格桑拉……格桑拉，今天我们在一起，手捧洁白的哈达，格桑拉……"一遍一遍，循环地唱，自此，记住了。格桑花，又名格桑梅朵，是藏语和藏文化地区的本地叫法，长期以来一直寄托着藏族人民期盼幸福吉祥的美好情感。格桑花名气大，大概也与"美好"之寓意有关。

格桑花究竟是不是波斯菊？为什么又叫波斯菊？争议不少。手头有广东科技出版社 2018 年 6 月刚刚出版的《中国植物（西北分册）》，从头翻到尾，既没看见"格桑花"字样，也没看见与波斯菊相关的图样。无奈，只能借助互联网，用"百度百科"搜索，在"格桑花"的词条下，图片很多，大致都是眼前这花的模样。"这是一种生在高原上的花朵，从植物学特征上讲，菊科紫菀属植物和拉萨至昌都常见的栽培植物翠菊，都符合格桑花的特征。"按这个解释，格桑花是个集合，即便在高原上，也还存在着大于一种的格桑花。那么，为什么会出现波斯菊的叫法？或者说是先有格桑花后有波斯菊，还是先有波斯菊后格桑花？往下翻，看到一段补充，大意是说波斯菊植株要比格桑花高一点，只在七八月份开，也属于格桑花的一种。这就对了。波斯菊，大抵是青藏高原以外的叫法，它不只长在高原，在平原地带，在亚洲，在欧美，都是庭院草坪的主角。至于在西南、西北高寒地带，大概因为生长期拉长，实际开花时间比平原地带要更长一些。这是我的估猜，也不知道对不对。

不过，在干旱得滴水不存，连人畜吃水都要到十几里外的山上去驴拉肩驮的临夏东乡族自治县布塄沟村，几枝玫红色的格桑花——在西北还是叫它格桑花吧，突然从落成不久的食品加工厂的大门边上冒出来，至少是我，吃了一大惊。

　　布塄沟村是个自然村，它的有名是因为它的贫困。它的贫困主要源于干旱缺水，土质又差，属于湿陷性黄土，分子空间大，松软，一下雨立刻塌方，滴水难存，因此这样的绝望之地，又被称为"地球裸露的肋骨"。自然环境恶劣到令人绝望的布塄沟村，今年夏天，我们去的时候，赶上劈头盖脸的大暴雨，以为可以舔舔舌头解解渴，结果，立刻发生大规模坍塌，道路切断，住房被泥石流掩埋。新的更深的绝望来了。

　　没雨没得喝，有雨还塌方，如果不是村前的三座古老的拱北作证，说破天，我也不能相信这里是唐蕃古道，也即古丝绸之路。一千多年前，正是沿着村前这条黄土路，唐皇室送文成公主入藏的车马，进入青海藏区。"从唐王朝的都城长安出发，沿渭水北岸越过陕甘两省界山——陇山到达秦州（今甘肃天水），溯渭水继续西行翻越鸟鼠山到临州（甘肃临洮），从临洮西北行，经河州（甘肃临夏）进入青海境内。"这是如今能够查找到的关于文成公主入藏路线比较权威的一种说法。史书记载，文成公主从长安走的时候，带了大量的医药、农业、佛教等方面的实物和书籍作为陪嫁。路途遥远，整个行程艰难、漫长、走走停停。各种谷物和芜菁种子，沿途分送给当地的百姓，书籍和知识也分散传播。沧海桑田，这些植物的种子，和书籍知识一样走得很远，慢慢地，以他乡为故乡。

一千三百多年来，布塄沟村前的这条古道，不曾断过人气，慢慢地形成了村落和人烟。人类向来逐水草而居，人们愿意在此居住并能流传有序，可以想见，从前，这里起码是水源充足适合人居住的。水源何时断了，不得而知。村前的那条古道，现在修得有点规模了，据说再过两年柏油马路就可以畅通。自来水开始入户。经济贫困，老乡家里却比想象的要整洁，特别是着装，男男女女穿得都不邋遢，也常常让人忘了他们实际生活的贫困。在东乡族和保安族人家做客，女主人端来漂着油花的奶茶。据说，当年文成公主的行囊里携带有君山银针，高原上喝奶茶的习惯，也是文成公主入藏后慢慢养成。

村庄的四周，漫山遍野，触目都是十五到二十公分的黄土浮土。今年雨水偏多，向阳的山坳里长出了一丛一丛的绿色，是各种荆棘和小灌木，格桑花夹在其中。看来，人类对于美的事物的向往和追求是本能。

距离布塄沟村不足两百里的地方，就是马家窑。前溯五千年，到新石器时代晚期，临夏马家窑产生了世界艺术史上登峰造极的彩陶文化。艺术是生活图景的折射。在我眼里，马家窑出土的彩陶上，最神奇美妙的图纹莫过于蛙纹和水波纹。青蛙水陆两栖，生活在水中或近水的地方。水波纹更不用说了。这两种图纹在彩陶器皿上大量出现，说明五千年前，临夏这一带还是水草丰茂，"听取蛙声一片"的水泽之地。蛙纹，也有说寄寓了先民对于生殖图腾的崇拜。今天，人类已经无法创造出马家窑彩陶这样无拘无束的艺术了。

美和文明都是相对而言。高原环境里的格桑花，冲击力源于其与粗粝的环境相冲突的楚楚可怜。漂亮的姑娘是不是生在江南？美丽的花朵是不是都长在肥美的土壤里？眼见为实。江南水土虽好，但风华绝代的江南女子却并不多见。相反，北方由于民族成分多样化，美女的出现率反而高。这也合乎生物学进化规律：单一物种，最终都会减产、衰退，人种进化同此理。民间流传的盛出美人的地方，比如陕西米脂、山西大同以及中原某些地方，历史上都属于南北中外民族交往频繁地带。做过都城的城市，比如杭州、南京、西安、洛阳、大同、北京，容易出美女，也是因为聚集了众多人种的缘故。

没想到，在民族成分多样化的西北，不仅姑娘长得好看，花儿也生得美。土壤贫瘠的大西北，花儿不开则已，一开竟是花魁之姿，比如牡丹。西北人家的房前屋后喜欢种牡丹。牡丹是花魁，被誉为国色天香。玫瑰也是花王，娇滴滴的玫瑰在甘肃和新疆竟成了经济作物，许多地方大面积的种植，或观赏，或食用，或萃取香精花油。若干年前，有朋友从新疆带回玫瑰干花，说可以食用。觉得特别意外，玫瑰难道不是生在富贵温柔乡吗？植物确实远比我们预料的坚强。这瓶玫瑰干花一直放在桌上，直到今天。

说起花儿，想起花儿。后面这个花儿，是西北特有的民歌。西北民歌，知名度高的，除了"信天游"，就是"花儿"。"信天游"和"花儿"都发源于沟川交通不便之所。男人和女人隔着山，隔着沟，扯开嗓子对话，所以调门通常很高，歌词也热辣，大约时间和自然环境都不允许一叹三回慢悠悠地抒情。其中，"信天游"主要流播区域在陕北，所以称陕北信天游。"花儿"则再往西往北，发源地是甘肃临夏，在甘、青、宁三省各族都流行，且有流派，比如河湟花儿、青海花儿，等等。不管划成多少流派，作为民歌的"花儿"，在歌词里都把美丽的少女比作花儿。所以，民歌花儿还有一个浪漫的名字，叫"少年"。对了，前苏联有首民歌就叫《花儿与少年》。不同国家不同民族的人，抒情方式竟能如此相似。

"红嘴鸦落给了一（呀）河滩，咕噜雁落在了草滩；拔草的尕妹妹坐（耶）塄坎，活像是才开的牡丹。"牡丹，是花儿里露面频率最高的词汇之一。花儿唱得好的女性，民间也称其为牡丹，白牡丹、黑牡丹……总之，到了牡丹，就是极致了，就是女神了。

第一次听到真切的"花儿"，是在柯杨先生的民间文学课堂上。民间文学界大咖柯杨先生，当时正是盛年，刚刚做中文系主任，风度极好，口才也极好。授课的诸多先生中，来蹭柯先生的课的外系学生最多。如今想来，柯先生可真是个妙人儿，极为儒雅，却又天真可亲，各种唱曲戏词烂熟于心，课堂上会随口吟唱。柯先生漫的"花儿"，是学院派对"花儿"的整理。对，西北人管唱"花儿"叫"漫花儿"。我听过的真正野味儿的"花儿"，也是三十年前在兰州读书时。三十年前的兰州很安静，沿黄河有一条长长的情人道。情侣没见几个，反倒是团团伙伙的青年学生一有空就去黄河边，捡捡石头，看看黄河里漂流的羊皮筏子。黄河石有特点，至今，我的书架上还留着一块。到了晚上，连羊皮筏子也少见了，中山桥上大半天都见不到一辆汽车。这个时候，整个城市都睡着了。突然，从对面的白塔山上传出一声高亢的男声，那个劲儿既放松，又粗暴，毫不怯场，悠悠闲闲地完成这一场独唱。临到末了，歌词一句也没听懂。唱歌的人长什么样，在干什么，黄河对面黑漆漆，看不见。隔着黄河，我们是完全被声音本身吸引。现在因为工作关系听过各种"花儿"，从技术上讲，肯定是现在听到的更漂亮，但场景不对了，饭桌上也好，舞台上也好，本来都不是花儿的原生地，所以，这些"花儿"都没有让我的听觉恢复到从前的满足。生在土里的"花儿"大约要回到土里，才更像样。

关于格桑花到底是不是波斯菊的争议还在继续。有人说，波斯菊不是格桑花，波斯菊又名大波斯菊、秋英，学名Cosmos，希腊文原意有宇宙、和谐、秩序、名誉、善行等正面意义。原产美洲墨西哥，系一年生或多年生草本，通常高1～2米。欧洲是它的第二故乡，在哥伦布发现美洲大陆之后，船员们采下种子，带回欧洲栽种，由于它长得美，又容易栽培，很快地从花园伸向郊野、山林，在欧洲大陆落地生根。英国人务实，藤本植物和草本植物好种，也好看，是庭院里的主角。这个逻辑，我信。

那它什么时候到达青藏高原？爆料者说，波斯菊进藏，与驻藏帮办大臣张荫棠有关系。这个张大人1906年受光绪皇帝任命，以副都统之身领驻藏帮办大臣之任入藏。当时，西藏各地政令多出，危机重重。张荫棠是实干家，入藏后严厉查办腐败的吏治兵制，极力进行整顿，并亲自起草上奏了"治藏十九条"。他的思想和做法得到了朝廷和西藏地方政府以及僧俗民众的赞赏。相传张荫棠爱花成癖，进藏时带来了一包波斯菊种子，分别赠送给了当时的权贵和僧人，撒播在寺院和僧俗官员的庭院中。这种花生命力极强，自踏上这片高天阔土，就迅速传遍西藏各地。西藏人因此称之为"张大人花"。

这个花的寓意，与格桑花一样，都有美好之意。这大概也是容易混淆的原因。真正的格桑花也叫翠菊，与波斯菊不同，是重瓣花。

从古至今，植物在流传中，早已渗进了彼此的根脉，哪里还分得出原初的基因。叫格桑花，还是叫波斯菊，还是叫大波斯菊，现在看来并不重要。重要的是，这种美丽且生命力极强的花，会在高原上安下自己的家，能从东海岸一直走到西海岸。

2015 年春天，时隔二十多年，在北京再见面时，82 岁的柯杨先生依然长身玉立，谈笑风生，说着说着，竟然又漫起了"花儿"。这晚的记忆永久地保留在视频里了。

刚察往事

路过刚察。我说的是三十年前。

刚察不是目的地。没有人会把刚察当目的地，目的地是青海湖和鸟岛。去鸟岛，乘火车，绕不开刚察。鸟岛有名，刚察也有了名。

青海与新疆、西藏都地广人稀，地广人稀的地方人比动物稀罕。青海的人口密度又是全国最低，从甲地到乙地，动辄十来个小时车程，羊牛可能看了一堆堆，还不见一个人影。青海的羊和牛散养，看守它们的牧羊犬像狮子一样肥硕。没有人的地方，时针移动很慢。

三十年前更慢。从前的人普遍脚力好，眼力却又不像现在四通八达，对距离的感觉可能就有点不准确。比如，青海与甘肃是邻居，我在兰州读书，就以为到青海，到鸟岛，应该抬脚便是。可这是空旷的大西北，光是从西宁到刚察，晃晃荡荡也得六七个小时车程。

下午两三点，到了，火车丢下我们，继续西行。

荒野的阳光无遮无挡。刚察的高大上建筑是火车站，孤零零地站在荒野里，一大一小两间房，小的售票，大的候客，不到六十平方米。

这条从东贯到西的铁路是青海境内交通主动脉，往西最远可到格尔木，其间路过德令哈，德令哈其时还寂寂无名，倒是格尔木因为淘金汉大热。铁路公有制使火车站的面目极其相似，过去这样，现在也是这样。

今天，动车和高铁都是火箭头了，各地高铁站配置显著提高，但也还是标准化的配置，比如几乎都建有轩敞明亮的大站台、开放式大屋顶以及自动扶梯，连广播都是如出一辙的京腔京调。类型化不完全是坏事，从心理学角度，常在羁旅奔波的旅客，来到相似的车站，听着相近的声音，兴许会生发安全感。

同理，绿皮车时代，无论是烟火缭绕的东部沿海，还是寂寥空阔的西部内陆，火车站都是水泥磨面界碑和描红站名这些标配。

这一天，有三个班次停靠刚察。看到描红"刚察"两字时，下午这个班次下了6个旅客，我们5人，还有一个戴渔夫帽的中年男人。

车站外是莽莽荒荒一望无际的草场，大概五百米开外，铁轨的那一边，趴着一个胖乎乎的帐篷，后来知道是养路工的帐篷。

草场上的草窠不高，大约三四十厘米的样子，据说这种抓地深的草羊爱吃，养出来的羊肉质细嫩多汁。三三两两的羊在近处晃动，人走过身边，头都不抬一下，没有警惕心，神经比较大条。还是看不见一个人，这是六月，青海湖最热闹的季节。那个戴渔夫帽的中年男人下车后很快就不见了。

年轻，莽撞，蠢事不断。比如去鸟岛看鸟，是不是事先要计划食宿交通？没有。六七月是青海湖的忙季。此前有新闻说在鸟岛度夏的白天鹅不堪游客之扰，正在纷纷逃离，鸟岛鸟的数量在减少。

这年夏天，鸟岛正在召开一个鸟类保护的国际会议，加上游客，鸟岛吃住压力很大。这个情况，我们一无所知。到鸟岛还有四十公里，路太远，站长兼列车信号员建议搭便车。

站在西部的荒野大道上拦车，按照今天的影视逻辑，应该特帅：蓝蓝的天上白云飘，白云下面跑着一辆车，镜头慢慢拉近，车停下，微风吹起，车窗摇下，帅哥笑容可掬。这是好莱坞公路片的套路。

三十年前，我们没有看过公路片，既不幻想艳遇奇遇，也不害怕危险意外。那是天真的年纪。站在荒野里，太阳一点点西斜，将近两小时过去了，开始焦虑，恰在这时，远处的小点走近，放大，是辆半新的双排座大吉普。司机瘦小干瘪。

搭车，司机司空见惯，谈妥价格，我们挤上车。草场和戈壁滩没有路，汽车往哪里走，草碾实了就是路。灰不溜秋低头吃草的山羊、突然奔跑起来的黄羊、体形健硕如狮子的牧羊犬，都猝不及防地进入视野。青海湖的气息越来越近，黑夜来临前一刻，车停了。鸟岛到了。

在鸟岛的那天晚上，如果，我说的是如果，如果没有那家小饭馆将我们一直收留到打烊，如果没那位丹阳籍老支边将我们收留到天明，我们五个人即便冻不死，也会严重冻伤。

昼夜温差大是内陆气候的特点，但鸟岛的温差尤其大，达到六十摄氏度，这个经验前所未有。那天夜里最低温度零下四十三摄氏度，自来水管全部冻结，早起时的洗脸漱口水，都是老支边从后山的水井挑来的。

他姓吴，迄今记得。江苏丹阳人，鸟岛管理处的会计，明年就要退休。退休后回丹阳吗？丹阳离我的出生地芜湖很近，心里凭空有了亲近感。不一定。十几岁出来，在高原上待了四十多年，妻子和孩子在丹阳，有时候回去看看，不习惯了。这是一张被朔风吹黑了的方团脸，厚厚的，有亲切感。

昨晚，小饭馆打烊后，我们抱着肩膀在露天下寻找避风的地方。所有的宾馆包括这家小旅舍全部客满。

就在这个时候，遇到了老支边，他正蹲在屋檐下刷牙。这是鸟岛管理处的办公室兼宿舍，一长排砖砌平房，细溜的院墙，在宾馆和饭馆的背面，没有院门，如果允许的话，屋檐下的走廊应该可以夜宿。

没等我们多请求，老支边站起来，说到我屋里凑合下吧，有一张床，两个女孩子可以睡，男孩和我打个地铺。吃了吗？

没有。那做点热汤面吧，不麻烦，不吃不行。

后来这些年，老支边用大菜刀喊里咔嚓切大白菜成为一道记忆痕迹，偶尔会飘出来。干活的姿势暴露了经历，四十年，老支边的面相和习惯已经完全西北化了。

那个夜晚，年轻的我一直在琢磨，西北的风和水那么硬，他为什么不回富庶的江南。直到我自己从西北回到江南，又从江南回到北方，在北方一住二十多年，慢慢有点理解了。从南方到北方，从中东部到西部，支援大西北建设，形成1949年以后一股巨大的移民潮。

今天想来，理想主义、英雄主义、浪漫主义，哪怕是出于生存需要，都是推动当时西部社会建设发展的内在动力。起初是热情，慢慢会被西北的风土人情也就是文化感染，也会置换骨子里的血液。流动是常态。

譬如三十年后的今天，是另一种背景下变化交际的年代，从乡村到城市，从北方到南方，谁又能确保在原点不动？或许人活一生，习惯，合适，舒服便行。寒冷的夜晚，看到了灯光，进到温暖的小屋，被照顾得妥妥帖帖，听到传奇的人生，青年时期的这种遭遇，让我一直怀念。

中午，吃完热腾腾的白菜面条，继续上路。又是一趟更加艰苦的跋涉，同行中的那个女生哭了，但也没掉队。小雨，气温比前一日低多了。还好，拦到一辆车，车费也比前一日高许多。

赶在正午时分回到刚察，雨还在下。在养路工的帐篷里烤干了衣服，等车。养路工的话真少。地广人稀的地方，语言似乎失去了意义。暖炉上围成圈的土豆与拥挤的简易床，成为特写。

回来后，一直想写封信，哪怕是明信片也行。结果什么也没写。

前几天，有人问后悔不后悔当年到西北读书。怎么会后悔呢！人的一生走过的路都是财富，这个道理不需要走完人生，就会明白。

泗水流，静静流

我知道"泗"这个字，是因为安徽泗县。

从芜湖过长江到泗县，由南向北，垂直路程三百公里。小孩子的空间感很奇怪，小的时候听到泗县这个词，总觉得遥远。大多数遥远会有神秘感，泗县的遥远却是荒凉的，这也是小孩子的特殊感觉。

荒凉的泗县，在百度百科里这样写道："古称虹县、泗州，宿州市下辖县。位于安徽省北部，东邻泗洪，西接灵璧，南连五河、固镇，北至东北与睢宁、宿迁毗邻。"

至于东邻泗洪，"位于江苏省西部，淮河下游，洪泽湖西岸。古为泗州本州。1952年前属安徽省宿县专区。1953年3月，为加强洪泽湖管理，安徽省泗洪、盱眙县与江苏省萧县、砀山交换，泗洪县划归江苏省淮阴专区"。

近现代史上，1953年那次省际边界调整，打破很多传统归属，比如将婺源从徽州划到江西，导致安徽和江西之间的这场官司没完没了。江苏和安徽在边界划分上，也经常"三十年河东，三十年河西"，其中，与泗有关的诸地名最典型。从泗县的角度，泗县在西，泗县的东部是泗洪，泗县的东北部是泗阳，这些环泗水地名，历史上绝大多数时期错错落落、分分合合。泗县和泗洪原属泗州本州，泗州存在于北周至清期间，辖地包括今泗县、泗洪、天长、盱眙和明光，泗州最后的州城在泗县。山之南、水之北为阳，顾名思义，泗阳在泗水东北部的宿迁境内。现如今，泗县属于安徽，是皖北一个相对落后的地区，泗洪和泗阳分属江苏的淮安和宿迁。对了，前面提到那个祖籍安徽现籍江苏的盱眙，就是北京东直门簋街上著名的"麻小"的故乡。

江苏和安徽虽比邻而居，但江苏江湖河海俱全，水陆交通便利，工商业发展早，经济水平二十世纪八十年代以来在全国一直名列前茅，而安徽，新中国成立以后中央政府对其战略定位是农业大省，是粮食战略储备基地特别是水稻生产大省，单一经济结构导致安徽长期以来经济发展水平落后，长三角战略发展时期也没有抓住机会，改革开放三十多年来，与江浙两大芳邻渐行渐远。同样的自然环境，政策环境不同，经济水平明显有高低。环泗水而居，"一衣带水"，西边的泗县，要远比东北边的泗阳和东边的泗洪落后，虽然吃着一种味道的淮扬菜，听着一样腔调的泗州戏。

说起泗州戏，与周边庐剧、凤阳花鼓、淮北花鼓、黄梅戏、扬剧、淮剧等诸多戏种相比，有自己的个性。"耳边，是男人高亢而悲伤据理力争恶声恶气颤抖大吼声，女人则唱另一种风味，嘹亮欢快，有时还连带着哼哼嗨嗨的哀啼……"这是前不久认识的一位泗县籍作者在文章里记录的感受。看到这段文字，我在大脑里极力想象这些声音。说实话，第一个想起的是日本的能乐，第二个想起的是秦腔的老腔，它们都具有一种悲切到拉魂的力量。泗州戏俗称"拉魂腔"。

一方水土养一方戏不假。安徽和河南都是戏窝，但河南的戏，唱腔总体要比安徽的戏轩敞，似乎无论男女，个个都是铮铮铁骨、英雄好汉。比如豫剧，常香玉唱《花木兰从军》也好，唱《朝阳沟》也好，都是铿锵玫瑰的做派。一过淮河，到了江淮境内，腔调自然又往下降了一阶。过了长江，特别是越剧，基本是苦情戏，许多角儿出名就出在那一声声"哭调"，《红楼梦》里"黛玉葬花"、《梁山伯与祝英台》里"英台哭灵"皆如此。黄梅戏例外，虽在鄂皖交界的长江边长成，但基本沿用轻歌剧调性，因此，也有人总不把黄梅戏当戏，只做歌舞剧。如果以阴阳来论，黄河以北偏阳刚，长江以南偏阴柔，即便是剧中男性角色，越剧的女扮男装也更有味儿。至于江淮之间的庐剧、扬剧，男女角色分别比较明显，前面提到的泗州戏男女唱腔差异也很大。有分别，才有层次。黄梅戏出名，因为其轻歌剧式的采茶调明快，容易传唱和记忆。说实话，安徽以外的人对黄梅戏的热情要远远高于安徽人，安徽人自己最爱听的却是庐剧。庐剧俗称"倒七戏""小倒戏"，曲目比较多，有戏迷基础。听"小倒戏"、摸纸牌是我奶奶那一辈不识字的中老年女性的两大娱乐。庐剧似乎也不难唱，它在传统戏曲唱腔比如锣鼓书、端公戏、嗨子戏的基础上，也吸收了一些皖西大别山区、合肥、巢湖等地的山歌、花灯歌舞成分，不过，它的唱腔和表演更靠近徽剧和京剧，所以徽剧和京剧的戏迷往往也会喜欢庐剧。

一个人的看戏口味，是不是越来越接近其吃饭的口味？江淮地区的人大多看庐剧、淮剧以及扬剧，这三个戏种方言虽有差别，但唱腔总体比较接近。最近在泗阳听到一个新知识——当然也只怪我孤陋寡闻，淮扬菜的创始人以及追随者都是徽商，当年徽商离开原籍，到扬州、淮安近海一带谋生，虽然赚到钱，但怀念家乡，尤其是家乡菜，于是在淮扬地区鱼虾食材丰富的基础上，用徽菜烧法，创造了淮扬菜式。如此看来，今天扬州和淮安地区一些人可能都是徽商后代。

江淮地区的地方戏，泗州戏算是流传面较小的一类。我想，是不是与诞生这个戏种的地域环境后来的变化有关。秦末以来，泗水流域豪强纷出。汉代开国皇帝刘邦原籍沛县，秦灭六国后，沛县属泗水郡。陈胜吴广在宿州大泽乡起事，刘邦集合三千弟子攻占沛县，自称沛公，后又投奔项梁帐下。项梁就是项羽的叔父，今宿迁宿城区人，宿城南与泗阳、泗洪接壤。原来，秦能统一六国，推倒大秦王朝的却是远在泗水边的两个豪杰刘邦和项羽。刘邦也好，项羽也好，尽管性格不同，做事方式有差别，最终结局也完全不一样，但他们都能不拘成规，在对既有秩序的挑战中脱颖而出，成为人中龙凤。

各种颠覆式的起义和革命，对于区域文化的影响很明显。泗州戏里男性的愤怒和女性的悲伤，多少是对历史现实的一种折射。泗州戏戏迷间的文化认同，后来由于被调整为不同的省属，经济环境和文化环境改变，旧有的认同感消失，新的文化核心生成，也产生了新的生活习惯和文化追求。当然，地方戏观众流失、演员队伍缺失是普遍焦虑的问题，这些年，虽有中央政策扶持，传统戏曲生态也见好转，但这是一个大面积、综合性修复工程，须假以时日，才能出效果。

泗水的历史很不平静，泗水本身很平静。我看到泗水，却是因为泗阳。

初夏来到泗阳城，暮色四合，泗水正从泗阳城里流过。窄长的货船占据了整个镜头。运河在泗水这段比想象中要窄，要安静，要清冽。

想象的运河，很大成分依据金庸武侠小说里的描写而来。金大侠笔下，风高浪急的运河是各路武林高手大显身手的舞台，刀光剑影中，玉树临风、纶巾白面的翩翩公子伫立船头，微微一笑很倾城，他是赢家。当然，这是对金大侠的类型化叙事的调侃。其实，换个角度，要感谢文学书写，感谢金大侠，中国老百姓了解历史和地理，主要通过各种文学描写包括口头文学、戏曲文艺。金庸小说对一些地理信息的记录，比如海盐的钱塘观潮，比如运河两岸的烟火，就给我留下深刻的印象。我还听说，连黄老邪居住的桃花岛也有研究者正在兴致勃勃地考证。

文学作品的好处是将情绪形象化后与人共享，并于无意间留下历史的雪泥鸿爪。

比如白居易的这首《长相思·汴水流》："汴水流，泗水流，流到瓜洲古渡口。吴山点点愁。思悠悠，恨悠悠，恨到归时方始休。月明人倚楼。"对工，韵合，物、景、人、情诸元素嵌入自然，情绪到位，意境鲜明，算得上写离愁别恨的好词。词中提到汴水、泗水、古瓜洲渡口以及吴山四个地理名词，对于讲究音韵节奏对工的词，用"水流"对"悠悠"，是和韵之需，以流水喻写时空的变迁流转，引出思愁绵绵，是比兴用法。南唐后主李煜后来写《虞美人》，广为传颂的一句"问君能有几多愁，恰似一江春水向东流"，也是这类比兴。

王安石在《汴水》一诗里无限惆怅地写道:"汴水无情日夜流,不肯为我少停留。相逢古人昨夜去,不知今日到何州。"汴水怎么就无情啦?无非因为从汴水下行,经泗水直至吴山,空间迁移等于时间迁移,离国家的政治中心汴梁越来越远,诗人内心对于前途的忧愁越来越重,对于亲友的留恋越来越深,川流不息、不分昼夜的汴水也成为世间无情物。

这是婉约派的风格。所谓婉约派,不唯抒写相思、离愁、羁旅等情感和情绪,主要指语言风格和美学趣味,因此,我们常常把苏东坡的词比如《赤壁赋》当作豪放派的典范,但他的《水调歌头·千里共婵娟》又是典型的婉约派,细致、忧伤以至缠绵悱恻。儿女情长,英雄气盛,两者都不缺乏,这是苏东坡的过人之处。白居易也写"黄四娘家花满蹊,千朵万朵压枝低"这样轻快活泼的小诗,但更有名的是"座中泣下谁最多,江州司马青衫湿"这类感伤诗句。作为诗人的白居易基本上也可以划入美学风格的婉约派,三首长诗代表作《长恨歌》《琵琶行》《卖炭翁》如此,流传甚广的这首词作《长相思·汴水流》亦如此。中唐以降,描写相思和离愁的诗句难以计数,如这首《长相思·汴水流》流传这么久和这么广者，显然罕见。

传播很残酷，它的偶然性，让人类历史上许许多多杰出的创造与今天的我们失之交臂。不过，它也有必然性，但凡被人们广泛传颂并使用的事物，一定具有特殊而必须的价值。诗词的使用价值，我们通常说要顺应人类精神和情感层面的需求，是"同情"和"同理心"的需要，这也是文学作品存在的合法性。但是，诗词能不能传得开，传得久远，取决于诗词本身的语言节奏。这是诗词传播的特殊性。当然，作为韵文的诗词，天生比非韵文的散文更容易传播。"点点是离愁"，五个字，还有比这更朴素、更深长、更简练的表达吗？当然也容易记忆。这也就是为什么印刷业并不发达时期的唐诗宋词传播总量要远远多于各种非韵文文章。

不过，对"唐诗宋词"，我有异议。都说唐诗胜过宋诗，宋词好过唐词，总体数量和概率的确如此，但单篇另论。比如唐词的上品，李白的《忆秦娥》，以及这首《长相思·汴水流》，意境深、阔、远，写离愁别恨，已是绝响，凡后来者难免都有学舌之嫌。而散见于各类教科书的"唐诗宋词"这种高度概括式的评论，简单、武断地屏蔽了唐词宋诗的丰赡华美。

关于唐词宋诗的研究，学术界蔚为大观，此不赘言。简单的评价，不仅对于唐词宋诗不公、不准确，也造成了后学之辈的诸多修养缺失。比如我，就是这类简单评论的直接受害者。从小读书，身边缺乏高明指点，俱按通常习惯，先读《千家诗》《唐诗三百首》，后是《宋词选注》，再年长些，也看一些集注单行本，比如《李商隐诗选》，但总体是单一、不全面的，错失了很多。有我这样缺憾的人，应该不在少数。

话说回来，白居易的这首《长相思·汴水流》，让我感兴趣的反倒是词作无意间写到的地理信息。

一切文学作品，真实度最终都源自细节的合理和逻辑的合理。细节包括时间和空间。空间就是一种地理。白居易从汴水写到泗水写到瓜洲，这些地名是实写，从今天的地图看，这条线路也是京杭大运河从北贯到南的线路。汴水安在？汴水没有了，根据百度百科和互动百科对这条昔日多次入诗的人工水渠做出的相对一致的解释，汴水的具体所指，以隋为界，前后说法不一：一说晋后隋以前指始于河南荥阳的汴渠，它东循狼汤渠、获水，流至今江苏徐州市时注入泗水的水运干道；一说唐宋时称隋开通的通济渠的东段为汴水、汴渠或汴河。尽管具体所指不同，但汴水在今河南荥阳周边也即开封境内这一点，没有争议。开封号称八朝古都，夏以及春秋的魏国曾定都于此，此后，中原的政治经济中心长期圈定在长安和洛阳两个城市。中晚唐往后，开封再度中兴，及至北宋定都东京汴梁也即开封，开封城市的繁华达到鼎盛。北宋是历史教科书里通常说的中国资本主义最早萌芽时期，资本需要市场，市场与城市的繁荣攸关，水陆交通发达、物资交流便利的开封当仁不让地成为中原政治经济中心。开封在长安和洛阳东，故称东京。东京汴梁也即开封有多繁华，只需细看张择端的《清明上河图》即可。如孟元老《东京梦华录》所记，"自西京洛口分水入京城，东去至泗州入淮，运东南之粮，凡东南方物，自此入京城，公私仰给"，开封的兴盛，离不开汴水这条南北物资运输的交通要道。碧波荡漾，芦花飘雪，"汴水秋声"美誉一时传扬。连通黄河和长江的繁忙汴水到了南宋，因害怕金兵以舟船运兵进逼临安，被高宗赵构下诏毁坏，南北水运遂告断绝。汴水断绝，填土成田。汴梁易名。瓜洲古渡由忙到闲，见证了运河的历史变迁。泗水还是静静地留，泗水不仅不变，还衍生出泗阳、泗州、泗县、泗洪诸多与"泗"有关的名词。

泗水是古地名，这个"古"要"古"于白居易写《长相思》时的中唐。"古"时不仅有泗水，还有一个泗水国，这是汉武帝元鼎四年的事。元鼎四年，汉武帝从东海郡分出3万户，设立泗水国，封景帝的孙子刘商也即同父异母的弟弟刘舜的儿子为王，"治凌县（今江苏泗阳县众兴镇凌城村），领凌、泗阳、于三县"，泗水国的领地包括今天江苏的宿迁和淮安部分地区以及安徽的泗县。宿迁和淮安，在今徐州以南、南京以北。王莽称帝后取消泗水国，东汉光武帝登基又恢复泗水国，册封叔父刘歙为王。公元37年，刘歙死后三年，光武帝废泗水国，设泗水郡。至此，泗水国前后历经125年。

泗水国也即泗水郡，对于汉家王室具有特殊意义，用今天的话来说，乃刘汉王朝龙兴之地。汉书记载，汉高祖刘邦的家乡为"四川郡沛"，有历史学者说这是笔误，我不这么认为。谁敢，何况又怎么可能将九五之尊的汉高祖的家乡"笔误"？泗，读起来像四，看上去是四水分流，也即四川的本义。"四川郡沛"之说法应源于此。只不过，"四川"在今天作为中国西南一个地名被固化使用。

泗水国"以古泗水流经郡境而得名"，泗水显然比泗水国还古老，今天运河上的这条泗水只怕不是古泗水的原貌。《汉书》关于泗水和泗水国的记载不多，《汉书》记得多的是泗水国王刘商的父亲、汉景帝的小儿子刘舜。汉王室对这个骄纵的刘舜及其后代领属的泗水国恐怕也是不想招惹。肉身终归化尘土，泗水依然静流不息，这是历史本身的理性。泗水的愁，恐怕不仅仅是春愁，还有许多踌躇满志无处报的愁。

　　汉字中有些字或词天生可以入诗入词，比如泗水，比如凤凰。泗水和凤凰都与泗阳有关。今天的泗阳，号称"泗水古国、美酒之都、杨树之乡"。泗水古国不唯泗阳独有，泗县、泗洪要与其共享。美酒之都也是一家之言，以中国之大，善饮者众，出产美酒的地方还真不少，能称得上美酒之都者，仅就我所知，就有遵义、宜宾、泸州、亳州、汾阳、宝鸡若干城市。中国林学会唯一命名的"杨树之乡"大概没有争议了吧？不对啊，茅盾当年写《白杨礼赞》，这个杨树难道不是北方的特产吗？杨树既不是北方特有，也不是中国土产，而是中西兼有之。杨树成材快，经济效益高，我国的华中、华北、西北、东北均有栽种，但是，以杨树为主题的博物馆，目前在全国甚至全球，确实也只有泗阳有。泗阳也因为拥有123个品种，成为全国杨树引种发源地，被授予"杨树之乡"也还说得过去。很明显，杨树不是自己所长，资源其实也不足，但敢为人先，也就做成了全国第一家，这一点，泗阳看来是继承了老祖宗的革故鼎新精神。

凤凰台上凤凰游。有了杨树，有了树林，能不能招来凤凰？泗阳有本文学杂志叫《林中凤凰》，各地其实都有这类杂志，叫《山花》，叫《芳草地》，叫《绿洲》，都可以，都能接受，叫《林中凤凰》可就不那么低调了。看来，生在皇帝老儿的家乡，终归有一颗"凤凰鸣矣，于彼高冈"的心。我在这本杂志里看到一篇小说，叫《棺材铺》，篇幅不长，曲折有致，写得有点汪曾祺的范儿，那个叫胡四的乡村木匠的命运和他身上沉默的情义，让人看到心痛。看到这里，我就想，凤凰本是稀罕物，林中不图多，一只两只足矣。

一只凤凰无论飞多高，都有出发和落脚的亭台。一个人无论怎么活，他都是故事，他的故事也会影响别人的故事。一首词无论怎么写，无非是将遭遇的故事记住留住。一江水无论流多远，无论载过多少爱恨情仇，总有流到尽头的那一刻。

许多年前看张爱玲的小说——具体哪部忘了，扉页上印着穿旗袍的张爱玲，下面是"岁月静好"四字。没来由地喜欢这句话。后来，身边一有朋友结婚，我就把这句话送给他们。静，才会好。就像这泗水的水，任王侯将相岁月更替，任吴山削平古渡增容，都是这样不疾不徐，静静地流。真好。

通往查济的路上

"武陵深处是谁家，隔河两岸共一查。渔郎不怕漏消息，相约明年看桃花。"明代鸿儒查绛高明，一首诗不落痕迹含了两处风景：查济和桃花潭。查济在桃花潭的厚岸村，从甘棠开车到查济需要两个小时。

去查济是我的主意。

"十里查村九里烟，三溪汇流万户间。寺庙亭台塔影下，小桥流水杏花天。"这首七绝也曾假名查绛传播，但情态拘谨，风物描绘更似今天。查济有多少桥？曾经有 108 座，桥桥不相似。查济有多少庙？曾经有 108 座，庙庙有专供。查济有多少塔？青山、如松和巴山三塔环立。小桥今有 40 余座，祠堂剩 30 座，庙宇存 4 座，岑河、许河、石河三水依然穿村而过，"依山建屋、临水结村、推窗见河、开门走桥"的结构不变，查济还是河边美术家画架上的画、诗人眼里的诗。

地灵有人杰。查绛是查济人，清代书画名家查秉钧、查春如也是查济人。

我想去查济，是因为"查"姓。

小的时候家里来客人，说是查湾人，从此便对这个生在水边的查姓起了兴趣。查姓在安徽很普遍。按照百度百科的解释，查姓的来源有二：一是北方的齐国，一是长江中游的楚国。但查济的查来自北边的山东，宗谱记载"查姓，出自姜行，为炎帝后裔"，查济的济是纪念查姓人的祖先封地济阳。山东查氏迁到安徽应是魏晋南北朝至隋唐年间的事了。河边院落，青苔早已上阶除，查济人说是作家金庸的祖宅。金庸是海宁查氏，海宁查氏的始祖查瑜寻根寻到婺源。婺源查氏的祖先是南唐军事支柱查文徽。查文徽随南唐投降宋太祖赵匡胤之后定居安徽休宁，963年，50岁的查文徽辞官后将家从休宁搬到婺源廖坞（今称查公山）。查文徽名下的这支查姓，后来扩散到江苏、浙江。

对金庸，我的兴趣不大，我感兴趣的是海子。海子原名查海生，出生在安庆怀宁高河镇查湾村。

学　堂

通往查济的路上有条岔道，路牌上写着：歙县。父亲十五岁那年，独自一人从长江下游最大的支流青弋江溯江而上，入太平湖，利用各种交通工具包括步行，到徽州府府治所在地歙县求学。

进山接受教育，对父亲来说，影响了终身。"昔孟母，择邻处"，两年后，父亲由歙县中学考入山外的一所高等学校。父亲在歙县求学的寒暑两假，来来回回跋山涉水，来时驮着下个学期所需衣物，回时捎着从嘴里节省下来的粮食。老态龙钟的曾祖母倚门远眺，眼泪每每都疼出来了。这是从前祖母在世时最爱讲的一段古。当然，在一生以子为荣的祖母看来，这也是她教子有方的铁证。

父亲这条进山求学路径，在六十年前的皖南不算新鲜。

徽商出山，向西北，第一个大点儿的码头便是芜湖。我们先祖由南昌辗转迁移至芜湖时，芜湖已因南宋后期徽商新兴成为长江下游商旅往来要津。1876年中英签订《烟台条约》，芜湖成为通商口岸，此后桅樯竞往、商贾繁忙。城市热闹，教育却不一定是长项，当时皖南著名的学府多在徽州山里。其实，又岂止"当时"，宋元以来，徽州都是全国书院最多的地区之一。明天启六年御史张讷的奏言"天下书院最盛者，无过东林、江右、关中、徽州"便是一证，关中书院是当时陕西最高学府，东林书院在无锡，明朝时的江右即今江北，东林、江右、徽州都在长江下游流域。

道光《徽州府志》卷三《营建志·学校》对清代徽州书院的盛况，做了详细记载。"歙在山谷间，垦田盖寡，处者以学，行者以商。学制地自府县学外，多聚于书院。书院凡数十，以紫阳为大。"这段文字提供了一个重要信息，即从发生学角度，徽州唐宋以后"盛产"学者和商人，实乃耕田稀少谋生艰难所致。祸福相依，久而久之，徽州地界形成了今天我们推仰的耕读商并存的文化生态。《徽州府志》提到的紫阳书院在歙县境内，曾受南宋理宗皇帝御赐匾额，也是朱熹生前两次回乡讲学之地，后来成为祭祀朱熹、宣扬理学的重镇。歙县古属新安郡，紫阳是书院名，故朱熹在文末常署"新安朱熹""紫阳朱熹"，以寄托乡思。至于朱熹在《观书有感》里吟咏的"半亩方塘一鉴开，天光云影共徘徊"，则是他的出生地南溪学院的醉人景致。这首诗的后两句"问渠哪得清如许，为有源头活水来"更出名，几乎成为因果关系的诗化表达。

自宋至清，徽州各地私塾林立、书院密布，县志文书有记载的书院、精舍达 260 多所，各级学堂明初有 462 所、清康熙有 562 所。所谓"远山深谷，居民之处，莫不有学有师、有学史之藏"，是之谓也。书院和学堂昌盛，人才自然汩汩而出。两组数据可说明之。明清两代徽州本土中举人者 996 人，中进士者 618 人，状元数仅清一代本籍加寄籍有 18 人，这是一组豁亮的数字。另一组数字也是"琳琅满目"，徽州籍学术名家众多，仅建立开创性功业者，掰掰指头，就有朱熹、程大位、汪道昆、朱升、江永、戴震、俞正、王茂荫、胡适、陶行知、黄宾虹，等等。众多的书院和学堂哺育了徽州乃至皖南的文化盛世。徽州社会的良性循环起于南宋，明清见效，民国达到高峰。南宋开始，徽州包括皖南成为中国程朱理学思想的重镇之一，"深巷重门人不见，道旁犹自说程朱"。徽州是朱子阙里，朱子学对于儒家文化的光大与改道早有各种学术研究。乾嘉以后，朴学在皖南呈一时之盛。明清以降，与徽商在全国的经济影响相称，徽州乃至整个皖南文教两界更是空前活跃。徽州绩溪的胡适和安庆怀宁的陈独秀，作为从皖南走到全国的五四新文化运动两大旗手，此后无论寂寞还是热闹，他们早年在中国思想文化领域的叱咤风云，后人恐怕只能望洋兴叹。

几百年人家，无非积善；第一等好事，只是读书。世事让三分，天宽地阔；心田存一点，子种孙耕。这副长联或全部或部分地张贴在徽州人家的门扉上，它写出了徽州人的情怀。"海内十分宝，徽商藏三分"，在南宋以及明清徽商的黄金年代，徽商有两大特点：一是多"红顶商人"，二是多"儒商"。红顶商人与儒商时有交集，相得益彰，徽商可历宋元明清四代之盛原非偶然。红顶商人可用政治经济学概念解释。儒商即有文化的商人。有文化的徽商，出山挣到钱后，要完成三大预算：扩大再生产、返乡修祖宅、兴办子弟学校。重视扩大再生产，表明徽商已经走出小本经营的格局。徽州民居的好无须赘言，"马头山墙""曲水流觞"都是建筑遗产，马头山墙防火防盗，曲水流觞因势利导。延请良师兴办学校，耕读传世，文商互补，是徽商对故乡的反哺。教育反哺也是文化反哺，行无量之功德。徽商的这两大特点与徽州的生态环境，是鸡和蛋的关系。这个生态是大生态，既包括山水田园自然生态，也包括人伦世道文化生态。背负着宗族文化和地域文化荣光的徽商，把徽州扛在肩上，沿着迢迢山道水路，走进中国大社会。在农耕社会萌发的市场经济里，勤奋肯干的徽商赢得商业战场战绩的同时，徽州文化也成为天下的向往。"程朱理学""桐城学派""五四新文化运动"，这些名词如今哪一个说出来不"显出鲜艳的辉煌"，照亮了晚近华夏？皖南社会，因为经济而繁盛，因为战争而衰败，因为文化而享誉至今。

桃花源

徽州学府在山林中低调暗藏，除了安静读书，还有一层客观原因：可避战乱。

徽州历史上鲜有兵事，在晋末"永嘉南渡"、唐末"安史之乱"后大规模南迁和宋末"靖康南渡"这三次中国历史上的移民大潮中，徽州都是中原士民避难之所。徽州原本山高林密开发晚，随着移民不断迁入，主客通婚、融合，明清时期徽州六县人口总数已近 300 万人。在生产技术和生活条件相对落后的农耕时代，劳动力等于生产力，人口是最大的红利。明清人口激增，劳动力供给富裕，客观上推动了徽州社会经济发展。

"中国"这张雄鸡形状的地图上，徽州地处黄山与天目山脉之间，居中原偏南，吴头楚尾，与浙西的金、衢、严三州唇齿相依，历代都是各种势力渗透江南的第一道门槛。在武力说话的政治版图绘制过程中，作为江南门槛的徽州理应战争频仍，但因为山道崎岖，出入皆依靠羊肠小路和蜿蜒河道，徽州以茂林修竹为天然屏障，除了太平军和湘军在其腹内打了十年拉锯战，连凶残的侵华日军也只在昱岭关外兜了几转。当然，侵华日军一定不是想象的随意和孱弱，他们没有强攻徽州，还有两个客观原因和一个主观原因。两个客观原因之一是，当时国民党刘湘军队所属五个师两个旅约五万兵力，为保卫国民政府的大本营南京，长期踞守在广德、泗安两地；广德失守后，二十五军团长潘文华带领余部退守宁国府，在旌德、石台、太平、青阳四县边上树了一道防线。客观原因之二是，1938 年 4 月 4 日新四军总部由南昌迁至歙县岩寺，在皖南打起顽强的游击战。侵略者入侵的战略算盘当然要算边际成本，迅速拿下大中城市和发达地区是他们的首选。几相权衡，易守难攻的徽州被侵略者放弃了。

但是，曾国藩的湘军和洪秀全的太平军不怕游击战，他们在徽州地界进进退退、攻攻守守，拉锯拉了数十年，锯刃飞溅的火花烧伤了整个徽州地界。这是徽州历史上的一场惨绝人寰的噩梦。战争的背景是，太平军广西举旗，迅速北上，定都南京后，图谋用武力清理和控制南京周边的江南一带。太平军攻城略地的战火烧红皖南，及至清政府慌忙调兵遣将，曾国藩的湘军和左宗棠部相继增援安徽、江苏、浙江一带并于 1864 年攻破南京时，战争已过数十年，原本富足的江南鱼米之乡，特别是久避世外的徽州，早已饿殍遍野、人肉可市，成为恐怖之所。根据文书记载，嘉庆二十四年到光绪三十年不足一百年间，经历长期的战争杀戮、瘟疫、饥馑、流离之后的徽州，总人口从二百八十九万人锐减到七十万人，男丁不一二，人家无子息，惨景可想而知。一场战火烧毁徽州积累了整整四个朝代的元气。蒸蒸向上的徽州，经此一役，开始走下坡路。这是徽州之殇。

文字的厉害在于真假莫辨。陶渊明在《桃花源记》里虚景实写，为世人创造了一个"土地平旷，屋舍俨然，有良田美池桑竹之属。阡陌交通，鸡犬相闻。其中往来种作，男女衣着，悉如外人。黄发垂髫，并怡然自乐"的世外桃源。"问今是何世，乃不知有汉，无论魏晋"，"世外"是外部形态，也是桃源的内在气质。陶渊明的这一桃源牧歌图景问世后，后世之人不断按图索骥，也有好事者曾试图把"桃花源"的名头加给泾县桃花潭，理由是自然物象和生活形态诸多相似。现在想来，桃花源原本只是文人如陶渊明的理想国，纵然世间有桃花源，一场战争来临，落英缤纷，满目疮痍，桃花源变成荆棘所。

连天战火跟前，长不出鲜美芳草。

徽州驴

通往查济的路上，总能看见一头驴在山坡上攀爬。从绩溪上庄走出去的民国文人胡适在去国怀乡的言谈里，谈得多的除了"一品锅""徽州饼"，大概便数这头勤劳的徽州驴了。

徽州驴是徽州人对自己生存境遇的自况，有自谦成分，也不免有自矜的味道。

因为善于背负、吃苦耐劳、性情温顺等诸多优势，早在青铜器时代，中外的驴就开始了它们的驯化史，还分化出一些品种，比如中国有关中驴、德州驴、广灵驴、泌阳驴、新疆驴等。徽州驴不属生物名种，徽州驴是文化名流。西方有句谚语是"蒙上眼睛的驴子只会跑"，极言驴之勤奋，徽州驴是徽州人对自己这种吃苦耐劳品性的自况。徽州地面绿意葱茏，"山有一丘皆种木，野无寸土不成田"，山里地少人满，只能见缝插针，高绿化率实属生存所迫。局促的生存条件形成了徽州人独特的成长宿命："前世不修，生在徽州，十三四岁，往外一丢。"即有土地养不活不断增长的人口，因此，无论怎样富裕的家庭，如果生了两个以上的男孩，其中一个必然被"往外一丢"，或入仕，或经商，"少小离家老大归"。徽州人这种斯巴达式教养方式，与族群求生本能是一致的。山路难走，过去出入山里的主要交通工具恐怕就是已被驯化的驴了，因此，在徽商原始积累的征途上，徽州驴是忠实的伙伴。徽州人牵着这些沉默寡言的伙伴，带着茶叶、竹笋、木耳等山货出山做买卖，赚到第一桶金，才能转向盐业或其他更大的买卖。与身边的这些驴一样，徽商即便在外面的世界鼓捣出了名堂，也还是低调、勤苦甚至是节俭的。勤苦、节俭、上进、温良，这些都是传统教育中"树人"的目标，因此，徽州人自比"生命不息、劳作不止"的徽州驴，既是无可奈何的自嘲，又有明显的文化自豪。

当然，自比徽州驴，还因为一个重要共性："倔强"。生活中，我们常说某人犟得像驴，言下之意这个人比较固执。换个角度，比较固执，就是有坚持劲儿。有坚持劲儿的人虽然变通性不够，要走很多弯路、吃很多苦，但因为能够坚持，往往也会成功，能获得大家的体认。

胡适说徽州驴的时候有没有想起陈独秀这位把他引进北

大的倔强的皖南同乡？不得而知，但我想起了这位中国共产党早期主要创始人。作为五四新文化运动的旗手，陈独秀的"独秀"没有异议，他的人生遭际也是相当的"不群"。一个书生气浓厚、不搞阴谋、特立独行、理想主义甚至教条化的人，作为一个号手或旗手"no problem"，但是，作为一个组织的领导人就会产生很多的"trouble"。这位先生的书生气，不是通常的偏执、任性、意气，而是"吾爱吾师，吾更爱真理"般可怕的坚持。这种书生气，导致他五次入狱坐进各种大牢仍然不改信仰——在他看来监狱和研究室都是产生真理的地方，也导致他在第一次大革命中坚持执行共产国际的错误指示以致犯了严重的右倾机会主义错误。他的一生，如他的老朋友朱蕴山所言，"犟死到头终不改，盖棺论定老书生"。这像不像固执的徽州驴？陈独秀不是徽州人，从他的家乡怀宁顺着长江下行至芜湖，然后跋山涉水，才到徽州。他是诗人海子的同乡前贤。

比较起来，胡适算是温顺的"徽州驴"。温顺是驴与马的区别。与马的高大上不同，在东西方谚语里，驴都扮演着干得多吃得差被捉弄的老实角色，再委屈，也不反抗，更不会尥蹶子不干，比如柳宗元的《黔之驴》里老虎对驴的调戏、《伊索寓言》里驴马差异性待遇。胡适说徽州驴的时候，一定想起了平生遭际。胡适的性格里有中庸的一面，这也是鲁迅对他不满的原因，鲁迅认为他缺乏战斗的锐气和革命的彻底性。虽然与鲁迅因为观念不同起了勃豀，同乡好友苏雪林骂鲁迅，胡适还会出面劝阻，可见其心宽，能够放得下意见。胡适的另一个优点是有口德。这位才高八斗的先生一生基本过着安宁的学院生活，晚年寓居在纽约哥伦比亚大学，内心很寂寞，偶有故人来访，当然兴奋，但聊起前尘往事，他始终不出恶言，不起是非，将万般不适都吞咽在心中。

游子的心从来绵软，泪腺也发达。上庄的路面至今铺着一个世纪以前的青石板，胡博士与小脚太太的新婚洞房还保留着多年以前的样貌，高门大厦的瓦檐上青草是明显地长了一茬又一茬，青砖的缝隙里爬满了岁月风尘。婚姻生活最能见出胡适的性情。当年五四新文化运动的精神之一是"反封建""反旧道德"，反封建包办婚姻是"反封建""反旧道德"的一个具体落点。许多人不解，贵为旗手的胡适洋装穿了多年，也曾心猿意马，但对小脚夫人江冬秀何以始终持之以夫礼？夫妻之间的事旁人难以明晰。这位绩溪上庄走出来的洋博士，虽然也写出"两只蝴蝶"这样的开怀诗篇，但寄寓纽约的日子寂寞漫长，谁能聊解乡愁？大概只有江冬秀和颤颤巍巍端上来的"一品锅"了。话说至此，想起近来有人写剧本责备鲁迅薄情，替朱安不平，家长里短原本理不清，即便思想深邃如鲁迅也有行动的各种为难，生在今天的我们又怎能理解孝道以及夫道对于鲁迅的桎梏呢？对于历史，我们可以指手画脚。对于具体的人，似不应过分苛责，他有他的百般具体。

还是回到徽州。歙县小北街上，当年的崇义学堂南缘，是 1984 年修建的陶行知纪念馆。陶行知半身塑像后上方挂着宋庆龄的题匾"万世师表"，正面照壁是毛泽东的题词"伟大的人民教育家"。这位与胡适同一年出生的陶先生，17 岁离开歙县西乡黄潭源村，经历种种，包括对欧、亚、非、美28 个国家的考察，骄傲地宣布："世界上只有瑞士可以与我的家乡相比！"当然，这里面不排斥主体情感注入后的变形，仿若"情人眼里出西施"。以陶行知的机敏和才华，原可以干好很多大事，但这位"徽州驴"终其一生只把现代教育作为事业,在当时的中国社会率先提出并践行"生活教育"和"社会教育",他的坚持使他"哀荣备至"。

地　名

碧水、郁林、黛瓦、飞檐,这些诗文里千百遍吟咏的物象,还是一等一地停留在时光里。就连大大小小的村落,也还沿用着数百年前的芳名。一千年前也罢,今天也好,徽州都斯文得像诗文。

在"八分半山一分水,半分农田和庄园"的徽州,这一分水的地方,见到了一种捕鱼设施,即在河流中间某个流速恰当的位置用木桩或柴枝、编网等横砌成栅栏,把水流拦截起来,鱼游至此彷徨不定之际,正好张网捕捞。这道堤坝因这种捕鱼功用,拥有了一个形象的名称:鱼梁。比如鱼梁古埠,这是当年徽商出山最古老的码头。但鱼梁这个名称,比我们想象的还要古老。《诗经·邶风·谷风》里弃妇以愤恨口吻出现的一句"毋逝我梁",在东汉《毛诗序》里注为"梁,鱼梁"。唐宋诗文里,鱼梁一词出现频率更高,比如,李白有

"江祖出鱼梁"（《秋浦歌十七首》），杜甫有"晒翅满鱼梁"
（《田舍》），尤其在南宋陆游的笔下，鱼梁简直成了专宠，"山
路猎归收兔网，水滨农隙架鱼梁"（《初冬从父老饮村酒有
作》）、"云开寒日上鱼梁"（《冬晴闲步东村有故塘还舍》）、
"我归蟹舍过鱼梁"（《湖堤暮归》）、"处处起鱼梁"（《稽山
行》）、"绿树暗鱼梁"（《追凉小酌》）……当然，陆游是江南
水乡绍兴人，鱼梁是习见之物，以之入诗当在情理之中。

由鱼梁，我甚至想起了浮梁。浮梁一地，今人考证为
江西景德浮梁镇，景德是古徽州的近邻。"商人重利轻离别，
前日浮梁买茶去"，白居易的《琵琶行》里琵琶女痛恨的浮
梁应为市茶之地，由此可见，晚唐时期茶叶买卖已在此地盛
行，"徽商"兴起非一时之功。"浮梁"，本义河水中凸起的堤坝，
成为地名应是后来的事。

又比如黟县南屏村，这个始建于元明年间的古村，因村
南有一道屏障似的南屏山而得名。提到南屏，自然想起了南
屏晚钟。虽然全国有许多曾经用南屏冠名的地方，最有名者
还数杭州的南屏晚钟，但我更愿意相信，这个词始发源于徽
州。徽商出山，沿新安江往东，杭州是最繁华的落脚处。当

年从绩溪上庄走出去的红顶商人胡雪岩，走到杭州，把买卖做大了，以至于今人误认其为杭州人氏。杭州城里前三十年还特别著名的张小泉剪刀，它的创始人张小泉同样是从新安江摆渡出去的徽州人。徽商进了繁华闹市，除了带去城里人喜欢的各种山货，也带去了浓浓的乡音，包括一些移情别用的地名。

又比如堂樾和甘棠。想到了什么？当然是《诗经》的《国风·召南·甘棠》。"蔽芾甘棠，勿剪勿伐，召伯所茇。蔽芾甘棠，勿剪勿败，召伯所憩。蔽芾甘棠，勿剪勿拜，召伯所说。"这首诗记录的是西周贤相台伯的故事。台伯为了推行文王政令，深入基层，在一棵甘棠树下办公。台伯"三贴近"的作风深得民心，台伯走后，在百姓的自觉维护下，那棵甘棠树枝繁叶茂、清荫历历，人称"堂樾"或"唐樾"，樾即树荫。此即典故"甘棠遗爱"的由来。"甘棠遗爱"也作"召公遗泽"，意在颂扬贤明仁爱的朝政。典故原发地陕西岐山刘家塬村今存召公祠，祠内供奉有甘棠树以及当年慈禧太后和光绪皇帝避难至此题赐的"甘棠遗爱"匾额。甘棠远荫也是岐山八景之一。

地名也是文化。远隔崇山峻岭的徽州，从陕西一个典故化出两个地名，沿用至今，其间古意开枝散叶，与青山绿水水乳交融。甘棠属于太平，是太平最大的镇，今天的太平属于黄山区。太平设县于唐天宝四年，县名来自《庄子·天道》中的"太平，治之至也"。宋人乐史在《太平寰宇记》里说："以地居（宣城）郡东南僻远，游民多结聚为盗，邑人患之，因安抚使奏，非别立郡邑无以遏此浇竞。时天下晏然，立为太平县。"环太平县的那汪碧水也称太平湖。据史载，太平立县不久就爆发王万敌领导的农民起义，为加强治理，朝廷又割太平9乡另置旌德县，"冀其邑人从此被化"，而能"旌德礼贤"。这些记载与唐代宪宗时宰相李吉甫在《元和郡县志》的记录一致。

永治是执政者的愿望。太平才是天下人的愿望。

文人痴梦

通往查济的路上，有一个千古文人痴绝梦。

每个人的心中都有不能实现的梦，这种欠缺感在当时是痛楚，在事后便是美感，比如汤显祖。

生在四百年前一个江西小城，却被我们念念不忘，从"扬名""立万"的角度，汤大师倘若地下有灵，该是何等满足？但汤显祖生前怀有不能为常人道的若干不满足，所以写出《临川四梦》。从这"四梦"，淘气的今人又繁衍出若干轶事野史。若无轶事，做人还有何意趣？好吧，且不说野史，说说正史。四百多年前，汤显祖僻居临川一隅，窗对"柳色青青""花光灼灼"，挥笔写下无缘痴绝的徽州梦，不料想竟成为后人关于徽州书写和徽州向往的诗歌符号。"欲识金银气，多从黄白游。一生痴绝处，无梦到徽州。"临川距离徽州不足六百公里，虽需车马劳顿，何以竟不能往？好事者望文生义，推说汤显祖潦倒一生，临终恨恨不绝，因无"黄白"做旅资，所以不能踏足徽州。这样的解文是典型的不学无术。汤显祖何以不能至徽州，今人虽无法知悉，但至少可以肯定一点，即用赋比兴抒情表意，乃诗歌本事，也是诗人的本能。作为诗人的汤显祖写这首诗时，显然起用了一贯的浪漫主义写作技法，先从"黄（黄山）白（齐云山）游"起兴，到"无梦到徽州"递进铺陈，用"梦"这个汤式典型意象，书写对美好事物极度向往之情。此处，这个极度向往之美好事物，便是水墨徽州。

不同的文化地图上，徽州都会成为一种向往，起初只是水墨江山，后来是民居建筑、雕塑艺术、文房四宝，等等。徽州的好，是无法忘却的好。生在徽州知道它本来就好，客经徽州看到它出人意料的好。

清康熙六年（1667年），正式撤销江南省，将其分为安徽、江苏两省。安徽是因其江北有安庆，江南有徽州，取二地之首字而称安徽。我从小生活的芜湖夹在安庆、宣州与徽州中间，在气象预报里，它的学术位置是沿江江南。小的时候，常站在江边看扯着风帆的货运船压得低低地从青弋江驶进长江，船上堆着簇青的毛竹和山笋，从山里来的船老大说的话一句也听不懂，山里便成为许多疑问。这个山里，便是汤显祖心心向往的徽州。

山环水绕的徽州固然长路崎岖，却非生在深山人不知。

早在唐宋两朝，徽州的美名凭借文人墨客的诗文不胫而走。诗文传播最得力者，应属平生最喜欢游山玩水又懂传播表达的李白李青莲。有人依据《李白全集编年注释》，从李白现存的一千首左右的诗歌中考证出有二百多首写于他盘旋安徽时期。从二十岁"仗剑去国，辞亲远游"，江行初经安徽，到晚年六十多岁至安徽南陵投亲，因"此间乐，不思蜀"，最终埋骨当涂青山，李白一生游历安徽多达十余次。先后到过皖北、皖中、皖西和皖南，涉及亳州、和州、庐州、宣州和歙州五州，尤以宣州为甚，当时宣州所属诸县均留下他流连忘返的足迹。今天从青山太白墓驱车，不到一小时，即到"碧水东流至此回"的开阔楚江。再驱车两小时，是"相看两不厌，唯有敬亭山"的敬亭山。从敬亭山出发，半小时车程到桃花潭……水墨江山，显然激发了诗人的滔滔诗情。书生人情一张纸，层层叠叠的诗句冠以李白的诗名，从盛唐流传到南宋、明清乃至今日——南宋以后，兼有徽商不遗余力的人际传播，徽州成为天下人的痴绝梦。

徽州人对于生为徽州人，有着异乎寻常的自觉，他们对徽州是"与有荣焉"，只念"生死相共"。至于在江西和安徽两省之间几番进出的婺源，近一百年来不断地发起"返徽"运动，便是例证。蒋介石政府出于"剿共"需求，于一九三四年将徽州的原有城市婺源划入江西，后因婺源民众不断发起"返徽"运动及同乡胡适等人努力奔走，又于抗战胜利后的一九四七年将其重新划回徽州。但仅仅两年之后，新成立的中华人民共和国又将婺源划入江西。半个多世纪过去了，今天的婺源人还坚称自己是安徽人、徽州人。可悲叹的是，从1987年开始，叫了近900年的徽州改名黄山，二十世纪九十年代陶行知的夫人吴树琴致信《人民日报》强烈呼吁恢复徽州古地名，为徽州正名的队伍在不断地扩大。

面对这样的坚持，不知为什么，我又想到了徽州驴。

查济在徽州的隔壁。从查济回来的路上，一定要在万安停下来。罗盘博物馆不一定要看，老街已经破落凋敝、黄花萎地，没什么可逛。沿着老街，到横江岸边的码头走走。新安江发源于休宁，横江是新安江在休宁的名字，由歙县街头镇流入浙江淳安境内，至建德梅城镇与兰江汇合始称桐江，至桐庐镇与分水江汇合始称富春江，富春江流至闻家川与浦阳江汇合，方称钱塘江，也即浙江。"小小休宁县，大大万安镇"，徽商从万安码头开始沿江东下的离乡背井。

文学的产生不是可有可无，离乡的日子，诗歌是最长情的表白。李白的诗歌固然令人浮想不已，但毕竟是客居和游历的心境，少了些植入血液的深情，还是胡适这句"故园东望路漫漫，双袖龙钟泪不干"让游子涕泪磅礴。但我背的最熟的是祖父最爱的"诗书传家久，福泽万年长"，皖南人家会把它挂在客厅的中堂。它是根上的记忆。

至于徽州，前称新安郡、歙州，历史上曾属浙江西道，宋宣和三年朝廷平镇方腊起义后将歙州改为徽州。徽州是新安江水系之源，原辖歙、黟、休宁、绩溪、祁门、婺源六县，绩溪今属安徽宣城，婺源今属江西上饶。

福清的小和大

去年十月份，终于去了趟福清。说"终于"，是因为知道这个名字起码三十年了。关于福清这个地方的各种传闻不绝于耳，印象中，福清起码是个大地方——一个大于福州的地方，但福州人肯定不以为然，他们用行动粉碎我的想当然。比如，从福州到福清车程不过一小时左右，著名福州籍作家林那北是第一次到福清，同行的另一位福州籍美女、海峡书局社长林彬也是第一次到福清，灯下黑，不奇怪，往往都是这样，近在咫尺和交通便利的地方容易被忽略。比如我这个芜湖人，近在隔壁的安庆，也是去年春天才填了空白。

福清枕山面海，行政结构上只是福州的一个区县，但因为福清港重要，福清也跟着早早地集聚了人气，在历史上出

格桑花姿姿势势

过大名，并因此产生了著名的光饼。光饼，极普通的一种烧饼，表面光溜溜的，连芝麻都不撒几颗。炭炉烤饼是传统做法，过去沿街都是，不是稀罕活，技术也不难，原理同今天流行的电子烤箱，高温、慢烘，确实酥脆，可以约略体尝谷物的原香，但也不至于美味到位居福清美食头牌。说实话，福清当地人对于光饼的热爱超出预料，不过从这种热爱，可以看出一些端倪，比如一种珍惜食物的趣味。在福清吃光饼或者买光饼，不是想吃就吃想买就买，据说，只有在上午，而且是在特定的店面才可以买到。这些店面通常是家喻户晓的老店面。老师傅说，一炉最多也就贴三百块饼，一上午两炉饼顶头了。过了点，想吃？没地儿卖。这像饥饿营销，但我相信，是传统习惯。想起去年在兰州，也是这样，陪同的朋友说吃牛肉面必须早起，耽误到中午或晚上，正宗一点或有点名气的牛肉面馆都关门歇业了。定时、定量，也算一种定食吧。那天在福清，我们是挨到下午才被东拐西拐地带到一条老街，青石板的地面，散散淡淡的门脸和住家，理想中的老派生活场景，但是，没有想象中的沿街的光饼和洋溢着的饼香。幸亏带路的人聪明，去之前就特意跟其中一个老师傅打好招呼，我们到时，老师傅正领着隔壁三个邻居赶做面胚，上午的饼早就卖完了，基本是预定。他们一边捏，一边调笑，闽南话，我们听不懂。老师傅壮实，像练家子，点火、燃炉、贴饼，一整套高温下的体力活，没点儿技术和力气，恐怕是应付不了的。光饼出炉了，加了馅，是改良光饼。确实香，满足了口腹期待。过程不说了。通红通红的炉火和老师傅流畅优美的动作，让大家感叹了半天，拍了不少照片，甚至七嘴八舌地给老师傅出主意，怎么改良，怎么卖得更多，包括网上营销。光者，戚继光也。当年戚继光在东南沿海抗倭，作为港口的福清是戚家军休养生息的落脚点。食物给养成为武装军队最大的政治。光饼应运而生，并借助历史人物和传说流传至今。说者热闹，被讨论的人风轻云淡，没当回事。人家几百年来就这样不紧不慢有时落后有时超前地生活。

说实话，各地应该都有类似的食物以及衍生的传说，只是在不停地往前走的时间里，许多渐渐地被抛弃、被遗忘。如果还能被记住，还在今天的食谱里，一则说明这种食物本身不难吃，食材也比较容易获得；另一则说明生活的传统没有丢失。光饼在福清的待遇，大概属于后一种。在福清的海边，我吃到了有生以来最鲜美的海鲜：从海水里捞上来后立即下锅，至鲜，也就至美。福清也是客家菜的大本营之一，好吃的东西很多，出身和品相都比较简朴的光饼受到礼遇，这使我意外。包括老街上从从容容的生活态度，包括方言，在信息交流通畅的今天，还能保存得比较像样，从从容容，新旧不扰，这大概是包括广东、福建在内的整个东南地区的特点。今天的福清，生活水平不低，信息也不闭塞，但是从目前的文化保存来讲，比许多地方都要做得好。

福清黄檗山的万福寺，对于禅宗黄檗宗的各种信息保存也是一证。十七世纪，隐元大师从福清出发，东渡日本，在日本不仅传播黄檗文化，还带去了先进文化和科学技术，对促进日本江户时期经济社会发展起到重要作用。从此，黄檗文化在日本广为流传。2015 年 4 月 7 日，黄檗文化促进会福清总会在福清成立，地址设在福清城里一个漂亮的小洋楼，资料馆、陈列室，等等，一应俱全。城外鱼溪镇梧瑞村的万福寺，又名黄檗寺，始建于唐德宗时期，明代被倭寇焚烧，眼前这组古建筑是明崇祯十年隐元大师在原址上主持重建的。随后，也即清顺治十一年，应日本长崎崇福、兴福等寺邀请，隐元大师带领30个弟子东渡，后在京都宇治建造了一个同名的"黄檗山万福寺"。同名的拷贝使用，是中国古人的习惯。比如苏东坡是水利学家，地方为官时常带人疏浚河湖、修筑长堤，以至于待过的杭州、颍州和惠州后来各有一条苏堤和一处西湖。有的西湖出名了，就成了大西湖，不出名的则成了小西湖。黄檗山万福寺在日本的同名引进，既是中华文化的传播交流，也折射出福建华侨身上执着的思乡念旧之情。

单位里曾经有位前辈是印尼归侨，福清籍，我们都叫他老朱，业务能力极强，人也好，喜欢喝几杯，经常自己掏钱带着大伙儿到处吃好吃的。福清今天的出名，是因为富足，其综合实力名列全国百强县，经济实力、科技创新能力、生态环境都可圈可点。早些年，福清的出名是因为贫穷，山多，地少，人多，吃饱肚子成问题。福清临海，因此，早期福清人为了生存，纷纷出海，到东南亚，甚至到欧洲、美洲谋生。在外面挣了钱，改革开放后又回到福清投资，同事老朱的父亲就是这样去了印尼，到了老朱这一辈，年轻时回到了祖国。也就是通过老朱，我知道了福清这个地名，从此认识了好些个福清人。印象中，福清人，应该都像老朱一样能吃、会吃，吃到兴头上还会用闽南话唱上几句，几乎都有豪爽、外向、勤劳的个性，风格迥异于全国其他省份不说，与周围邻居也不大相同。

为什么会不同？想来想去，是因为福清不是一个没有积累和底蕴的港口、码头或渔村，再早些年，或者说最早，福清的出名是因为历史文化丰厚悠久，福清人在骨子里是崇文好学的。从前是这样，今天似乎也是这样。

山水养眼，文化养心。虽然今天的福清人富了，更有钱了，但是福清人对于文化和文学的保守让我意外。有好去处，才好玩。有好去处，无非一是有好风景，二是有好场所。福清不大，境内地形变化多样，峰峦叠嶂，河流纵横，山水交互，从审美的角度看，福清的自然景观是好的。这也有点让人意外。经济发展活跃地区，往往人与工厂、与楼房争地，争来争去，绿地没了，水流断了，树林少了。福清究竟还是不一样，没有落入这个争地陷阱，山清水秀，街道不宽，老房子还在，甚至连人家门前搭建的花坛瓜藤兀自生长、欣欣向荣，而不是高楼林立、千城一面、随处可见的福清。老的传统的生活方式和新的时代并存，得益于一种文化的保守和自在性。正是这种文化的自在性，让福清具有了不一样的魅力。

文化哪有什么神秘呢？无非是人们生产劳作的方式和日常起居生活的样式。文化养成非一朝一夕之功。从这个意义来讲，福清超出了我的预料。不仅如此，老实说，这在近年的行走中也是难得的经验，当许多文化大城名存实亡时，福清小城还能担得起文化的名义，显出大气来了。虽然只是匆匆一瞥。

找回张掖

找回张掖，找回一个三十年前原籍张掖的男生。

记忆是一把洞眼粗大的漏斗，侥幸留下来的和不小心漏掉的，其实很偶然。因此，我常常原谅自己的坏记性，包括对重要信息的遗忘，比如四年同窗的名字。同窗四年，结识于年少，怎么就能忘记呢？但我不是没干过这样的丑事。

六七年前，傍晚，在郊区开会。讨论、争执，没有结果。主持人只好说："休息一下吧。"这时，手机响了，接听前习惯地朝窗外看了一眼，窗外是西山，有雨云赶来。夏天的北京，傍晚前有时会有一场来势凶猛的暴雨。听筒那边听不清。

雷声起来了。

"我是李南。"

"谁？"

"李南！你哥！"

胡扯！我只有一个哥，不是这腔调。低端的骗术。

"我在镇江。他们都向你问好……"

正要摁断，听到两个熟人的名字。可李南是谁？我认识吗？怎么还成了我哥？丈二和尚摸不着头脑。自称我哥的李南嘘寒问暖，抒了半天情，才挂电话。

有用的信息只有一个：镇江。同学？但他显然是北方人，说的是标准普通话。

近来总有人问后悔不后悔到西部读书，言外之意，到西部读书是不是损失很大。我也常常想，假如当年不是到西北上学，而是去附近的宁、沪、杭经济发达地区，今天的我，也不会在北方生活，也不会是现在这种生活态度，人生的路会完全重走。这就是因和果。人一生走过的路都是财富。我感谢大西北。

　　所有的中心和边缘都是相对而言。刚到兰州，一个原籍邯郸的师兄一边嘲笑我的口音，一边煞有其事地说兰州才是中国的中心。该师兄没有说胡话，从地图上看，兰州位于中国这只雄鸡的肚脐眼上，上下左右等距离。据说，当年孙中山曾考虑革命成功后定都兰州——这当然仅仅是"据说"，或许是因为这个"据说"，整个黄河上第一座真正意义上的桥就叫中山桥，位于兰州城的北隅，长期以来包括今天都是兰州城的标志。三十年前，兰州给我的第一印象是兰州不落后，兰州开放、洋气，马路宽、广场大，基础设施齐全。兰州也不穷，按照国家1956年颁发的工资津贴标准，兰州作为少数民族边远地区，市民收入标准原本就较高，加上"兰炼""兰化""兰柴"三大国企当时正盆满钵满，让整个兰州城的钱包都沾光。即便这样，在收入较低的东部地区包括我的父母看来，兰州不仅穷，而且落后。这也是某种程度的文化偏见。比如在我的父母看来，兰州城的交通工具是骡马，飞沙走石、帐篷满地。总而言之，是大漠，是化外。祖母那时身体还很健康，脾气有点不好，见谁都流泪、都抱怨，抱怨我跑到荒远的地方读书。这是金庸的武侠小说看多了。真实的兰州城，比内地许多城市要高大美。兰州没见骡马，倒是有年夏天，在北京美术馆大街路口，见到不止一套骡马拉着一车西瓜招摇过市。北京人见怪不怪，骡马也泰然自若。至于帐篷，印象中兰州隔壁的西宁倒是有段时间一到夜晚，一顶顶红帐篷飘着羊肉香，占据了大街小巷。阿朱的阿姨在西宁，她说西宁是平均受教育程度最高的省会城市。那是唱着歌儿来、唱着歌儿去的西部文化和经济热时期。兰州乃至西部的边缘化，是后来的事。"如果没有兰州大学，大半个中国都没有重点大学"，这是我最近看到的最煽情的标题。另一篇煽情文章《中国最悲情的大学》里，历数了兰州大学的昔日辉煌、历史贡献和今天的冷清。城市区域优势丧失，经济活力不足，高校高端人才流失，生源质量变差，兰州和兰州大学之殇是之谓。

我是1987年入学。入学那年，兰州大学汉语言文学专业招了51人，26加25，男生比女生多一个，北方生源是南方生源的 3 倍。南北方是地理学概念，以秦岭淮河为界。挦着这条东西线，从西往东挨个数，第一个是四川。四川当时是大四川，重庆没有直辖，还是满脸不服气的四川老二。川蜀养人，三个女生尤其突出，分别代表了美女的三个类型：甜、辣、帅。唯一的男生，因来自鬼城丰都而被叫了四年"老鬼子"。这位"老鬼子"同学戴着茶色眼镜，话不多，有点腼腆。二十年后再见面时已定居海口，茶色眼镜不见了，许是生活在热带的缘故，活泼多了。四川往东就是湖北，湖北那年是四个男生。川鄂紧邻，口音和饮食很像。湖北这四个男生口音尤其顽固。写一手好字，说一口京腔，是中文系学生最基本的要求。遗憾的是，我们这些南方来的学生大多没能实现"一口京腔"。湖北东边是江西，江西是一女三男。"一女"是"裸学"，父母、兄弟早年间在美国定居了，只有她因为超过 18 周岁，按照美国移民法，要排队等签证。在我们看来，她的一只脚已经踏在美国的土地上，另一只脚正在腾空奔美。结果是，毕业后，她在包头生活了三十多年，结婚、生子，直到前年，才举家移民。她是我们班最年长的女生，有点大姐大的味道。全班年龄最小的男生也是江西籍，入学时一口娃娃音，若干年后，跟我们都失去联系，去了一个谁都找不到的地方。碰巧的是，全班最年长的老章同学也来自江西。老章同学入学不久就因踢足球把自己踢进了医院，三个月出院后改打羽毛球，因此俘获了漂亮女友。湖南只有一人，但含金量高——全国少年组百米纪录保持者。在校四年，因为他，校运会4×100米男子接力赛冠军始终握在中文系手里。毕业时双向选择，中文系放了两个炸弹，一个是湖北小蔡写血书坚决要求援疆，一个是风光了四年的"百米纪录"放弃各种省部级单位，毫不犹豫地选择回家乡小镇，与"小芳"结婚，再次创造纪录。江西往东，到了我们安徽。安徽入学时还是一女三男，毕业时成了一女一男，一男转读管理系双学位，另一男新生体检时查出甲肝休学一年。江苏的连云港男生是独苗苗，也是我们班当时最帅的帅哥。那么，谁是李南？

叫南的男生没有，姓李的男生有三个。汉唐以来李是大姓，我们班三个李姓都分布在陕甘，陕甘是汉唐的中心。西安李生毕业后娶了班上姓马的回民姑娘，妇唱夫随，留在兰州。另两个李生一个从平凉考来，一个从张掖考来。对了，从张掖考来的李少北，毕业后好像去了南方。难道李少北就是李南？

那个总是穿着草绿色军装叫李少北的男生是张掖军区大院子弟，文静、秀气、温和，北人南相，一点儿不像军人后代。性格温和的人通常不爱说话，整个四年也没听他说过几大段话。路上碰见，点头招呼而已。毕业前夕，大家互相留言。中文系学生抒情是强项，众多的抒情中，少北的留言给我留下了印象，依旧是极简主义，大致的意思是"从此，我要去你们的南方。你哥李少北"。看来，李南真的是李少北了。

李少北的脸上，好像是左眼附近有颗黑痣。这颗痣在这张细、白、秀气、大眼睛、双眼皮的脸上有点突兀。也正是这颗黑痣，让这张秀气的脸添了点不安分感。当然，按当时的审美时尚，"红高粱"和余占鳌式的匪气受欢迎，李少北的秀气严重不讨巧，这也导致他在某种程度上被忽视了。

理论上，李少北是有先天优势的，比如他不仅是班上仅有的几个城市男生之一，而且是甘肃本地生源。城市男生当时确实是稀有物种。虽然改革开放近十年，但农村和农民的生活条件始终落后于城市，农转非、跳农门都是天大的事，上大学成为农家子弟改变个体命运的通常通道。高校不仅不收学费，还实行生活津贴、奖学金和助学金多轨补贴制，一些农家子弟因此有机会也有能力接受高等教育。农家子弟的身上普遍寄托着整个家族的希望，他们的身后往往站立着父母的操劳、姐妹的牺牲，在高校的院墙里，他们勤奋吃苦、懂得珍惜，日后大多修成正果。但城市生的优势还是明显的，比如见识多、负担少，他们是校园里各种活动的活跃分子。不过，城市生李少北是低调的、厚道的。甘肃生的总体特征是厚道。厚道是一种气质，甚至是一种文化产生的气质。校园里的甘肃本土人占绝对优势。我们班原本 11 个甘肃生，半途从 86 级化学系和现代物理系又分别转来 1 人，总量占了四分之一还多。这 13 个人按照庆阳、天水、平凉、定西、兰州、刘家峡、武威、张掖这些地点，从东南到西北连成一条细长的走廊，中间粗一点的地方是兰州，兰州 4 人。少北来自著名的张掖。金张掖，银武威，这是今天的说法。一千多年前，它们叫北凉、叫西秦、叫甘州、叫凉州，是中国传统文化的传播和养成之所。儒释道文化在这条走廊上交流融合的结果，养成了西北人一目了然的淳厚质朴。

大西北对于我来说，是世界观养成时期的财富。以西北为坐标，第一次出大远门的我看到了大的世界，眼力在脚力的基础上提升。比如我们今天站在北上广的角度看甘肃，甘肃自然是大西北。但是，从民族起源和文化起源的角度，甘陕青是发源地，是厚重和丰富的象征。但这一点，不走出来，哪会明白？仔细回想，第一次站在中山桥上，为黄河水如此黄感叹的同时，其实也会想孙中山当年为什么起念"落户"兰州。也就是从那时起，我对历史学科产生了长久的兴趣。我承认，历史的偶然性和必然性，历史的相对性和普遍性，一直让我沉迷。包括后来乃至今日写文章、读书，这些命题和思考都会隐含其中。目光在远处，大概也是我们这代人的共性。细白秀气的李少北，走出兰州，来到无锡，成为李南，走出了一条往外走的射线。这是年少的勇气。这是时代中的我们。

我们毕业的时候，深圳和东部沿海已经开始有大动作了。

现在，兰州和西北听说也动起来了。

写这篇文字的时候，李少北也就是李南已经在微信群里了。

环滁皆水也

　　滁者，滁州也。滁州得名于滁水。滁水，也叫涂水，长江下游一级支流，一湾清水从肥东东北部流出，向东渐成大水，流经滁州，向东南流至南京六合，汇入浩荡长江。

　　从地理上，滁州与南京"一衣带水"，隔江水相望，如今有个时髦的叫法叫"南京一小时都市圈"。滁州与江苏接壤边界多达400公里，其中，来安县的汉河镇距离南京长江大桥仅12公里十来分钟车程。

　　汉河，河流在此分叉、交汇。叫汉河镇的地方不少，南京人在远郊区买房度假，向东，向东北，一不小心就买到了安徽。向东是马鞍山、芜湖，向东北就是滁州。

　　"环滁皆山也。其西南诸峰，林壑尤美，望之蔚然而深秀者，琅琊也。山行六七里，渐闻水声潺潺而泻出于两峰之间者，酿泉也。"酿泉读让泉，人们说。说得多了，以至于正规出版物也会有一条类似的语焉不详的注释。较真起来，查《康熙字典》和《词源》，都没有提到"酿"通"让"，"酿"读"让"似乎也不是方言。这个问题怎么解？仔细想来，有一种可能。"酿"写作"酿"，也读作"酿"，"让"是误读。误读的重要原因是滁州另一个太守王赐魁在泉水边自作主张立了块"让泉"碑。"酿泉为酒，泉香而酒洌；山肴野蔌，杂然而前陈者，太守宴也"，除了开头，这是《醉翁亭记》第二次提到酿泉，应该是作动词解。《醉翁亭记》流传后不久即由北宋的另一个大文豪兼书法家苏东坡挥笔记录，由石工刻于醉翁亭西的宝宋斋内，成了千古名篇。直到清康熙年间另一个叫王赐魁的滁州太守也很不安分，偏要刻"让泉"两字于碑上，镶嵌于泉侧。又过了若干年，从庆历五年十月二十二日到庆历八年二月，欧阳修担任滁州太守前后约两年零四个月时间，欧阳修直接写滁州的除了《醉翁亭记》《丰乐亭记》《菱溪石记》，描写琅琊山自然景色和名胜景点的诗句还有三十多首。欧阳修有《题滁州醉翁亭》："声如自空落，

　　　　　　　　格桑花姿姿势势

泻向两檐前。流入岩下溪，幽泉助涓涓。响不乱人语，其清非管弦。岂不美丝竹？丝竹不胜繁。"一条清浅的溪水，自欧阳修《醉翁亭记》面世之日起，滁州和滁州的山就著称于世。环滁皆山，环滁亦皆水也。滁州因为水多水好，植被分外丰盛。这么说有些绝对，其实不止滁州，植物像人一样，水是植物密友，凡水源丰盛的地方，植物大多郁郁葱葱，再来点阳光，那就是植物园，就是南美洲了。

我觉得最好玩的其实是流传的讹误，比如"酿泉"还是"让泉"，在所有能查到的点校本中都认为，酿泉应为让泉。让者，两峰之间流出地面。但证据其实也是单一的，比如都以王赐魁的碑为据。王赐魁，清康熙二十二年到二十三年任滁州知州，补修了两卷《滁州续志》，《游醉翁亭（二首）》其一："揽胜寻幽过野塘，有亭峙立石桥旁。碑中墨迹生苔色，树底云根点绿芳。前哲登临传世远，后人题咏续游长。漫云既醉不关酒，亭外仍流曲水觞。"其二："绿满深林处处莺，让泉时作佩环声。名含酒意心先醉，身傍梅花梦亦清。绰约轻风思道子，参差奇石访初平。流连不禁诗脾渴，且酌流觞代兕觥。"

在滁州，我第一次看见并记忆深刻的植物是鬼柳。这种诨名鬼柳的高大落叶乔木，也叫枫杨，顾名思义，像柳像枫像杨。从植物分布来讲，鬼柳很平常，黄河以南常见。但现如今有水有荒野还舍得抛荒的地方，在人口密度较稠密的黄河以南，也是难得一见。

爬在著名的江淮分水岭张八岭脊背上，我没有求证，八岭湖应该是虚数，弯弯曲曲大约走过了好几个山岭，才到了张八岭，也就是明光境内。到了张八岭的八岭湖，这条水已经不能称之为湖了，湖是有宽度的水域，一些河段窄得像小沟渠，沟渠的两边，枫杨开始缔造它繁盛的家园。我不知道别人是如何看这种在荒野里特别是浅水河岸边成群出现的根系庞大或暴露或隐蔽的结着顾长柳条的母性植物，在我的眼里，它们像荒野一样安静、安淡、安稳。我主观地认为它是母性的，就像南方的榕树一样，天生枝叶茂盛，每到一处都乐于扎根，子孙充足。这种母性的有魅力的植物，在荒野里出现，不可思议地温柔、抒情甚至人格化了。这就是奇特的人和自然的关系。有的时候，你会觉得荒野可怖，遍地是陷阱，是毒蛇，是无法躲避的伤害。而有的时候，你会觉得荒野是柔软的细腻的，是更美好的。更美好，是因为荒野里的一些元素，比文明化的城市更能唤醒人的本性，比如说对于自然的亲近。人怎么能脱离自然呢？即便生下来就住在钢筋混凝土火柴盒里，每天还是要抬头看看天，看看流云，看看即将到来的风暴。欧阳修在《醉翁亭记》里提到在滁州做太守时常与同道者去体验和享受"山林之乐"。山林之乐，是人本近自然的天性。

荒野是未经雕琢的自然。自然，特别是未经雕琢的自然，越来越稀罕了。河道不必宽，水流不必清，树木不必高大，道路不必平，即便是道旁裸露的泥土，也不必都覆盖上草木。旁逸斜出，在这个时候是自然本性，是规整之外的美。只有在大片的荒野里出现的特异的枫杨，才够格称得上鬼柳。鬼者，变也，不可捉摸。裸露、发达几近人形的根系，疏朗刚劲的树干，交织的浓荫，生活在近水环境甚至能长期泡在水里，欣欣然，这是荒野里的鬼柳的面目。它才叫鬼柳，似乎有异于或高于人世凡物的生存能力。人们对于鬼本身是惧怕的，但对于具有鬼一样特异能力的人和事物往往是欣赏的。比如父母常常把古灵精怪的小孩子称作"鬼东西"，是嗔怪。叫作鬼柳，也是对其长相和生命力的惊奇。

在滁州，还有一种植物可以与鬼柳媲美。这就是池杉。我是在朋友发来的照片上见到了碧波千亩的池杉湖和清秀颀长的池杉林。位于滁州来安和南京六合交界的池杉湖国家湿地公园占地近六千亩，为华东地区最大的湿地公园，树生水中，鸟鸣林中，鱼游水中，形成一种类似于南美亚马逊六月的生态景观。池杉，顾名思义，长在池塘里的杉木。杉木科植物都喜温热湿润，池杉尤甚，长在水里，还青葱挺拔。这种长在水里的树木不少，比如红树林，长江流域以南山区重要的造林树种。

滁州的水怎么丰盛法呢？以大滁州为坐标，整个滁州地域由南向北正好夹在江淮之间，南北有长江淮河两大水系，支流纷出，滁州想不跟水打交道都很难。以小滁州为坐标，隔滁河与南京相望，距南京城50余里，所以历史上的滁州为棠邑之地，即今南京六合区，为六朝京畿之地，自古有"金陵锁钥，江淮保障"之称。

从六朝到宋朝不过三百多年，但江山易主，京都的位置北上，滁州的乃至南京的政治地位和地理地位急剧下滑，从开封到滁州，欧阳修这个一向孜孜不倦的三好官员自然会有

格桑花姿姿势势

不遇不畅之叹。但江淮又确实是自然环境很美，粮油富庶。欧阳修携众游山林得山林之乐也是难免的。

三十年前，我在兰州上学，毕业时，身边最要好的朋友和她的男友为了能长长久久，一起分到了滁州。滁州当时有个扬子集团，风头正健，出了很多品牌，包括德国西门子冰箱在中国大陆的生产线后来也被它收购了。这个时期也是中国电器行业的黄金时期。从那个时期开始，滁州在脑海里就成了有景有人有事的地方，也就成了向往之地。

人其实容易灯下黑。看远方不难，从小，我们就被教育要胸怀大志，登高望远。于是，走出了家门，走出了家园，甚至走出了国门。

祖父的青春

这个夏天，听到的最震惊的事，应该是祖父的事了。

之前，一直以为在父亲和母亲嘴里遮遮掩掩、欲说还休的"走弯路"，不过是指祖父年轻时短暂参加过国民党"三青团"一事。

祖父的政治起点，也是这个讳莫如深的"三青团"。不过，似乎很快他就改弦易辙，加入了中共安徽芜湖地下党组织，在芜（湖）当（涂）一带干革命，公开身份是杂货店的伙计，这还真像许多影视剧里的桥段——街上的店伙计、三轮车夫都是"我们的人"。至于"三青团员"的身份退了还是没退，已无从得知。总之，看来当年在国民党的老巢，我们共产党的组织也非常活跃。所以，在芜湖这样一个小城，每逢清明，小学生们祭扫烈士陵园是延续了多年的固定节目。祭扫完毕，三五成群地辨认大理石墓碑上的一个个名字和简历——当然更多的是语焉不详的碑文，看到熟悉的地名，小学生的心里经常就会莫名地起了惆怅。

祖父由国民党转向共产党的具体原因不清楚。

我猜测，年轻人的政治立场本身不成熟，参加国民党或共产党，起初往往带有偶然性，比如朋友结伴，比如某本书的影响，或者就只是为了谋生。至于后来能够在压力下坚持下来，就是另外一回事了。祖父受的是私塾教育，读《幼学琼林》，背《大学》《中庸》，《水浒》《三国演义》如数家珍，有意思的是，他在地下党组织里的许多战友都是私塾时期的同学。可见，一个人的伴儿，对于一个人的人生是多么的重要。

记忆中的祖父，基本上已是一个每到饭点儿喝点小酒的脾气好极了的小老头，一个每早要看一摞报纸、每晚从半导体里（后来换成电视）听新闻联播的离休老干部。当其时，离休和退休的区别是，前一个继续拿百分之百的工资，后一个只能拿百分之七十五的工资。判定离退休的标准也很简单，是 1949 年 10 月 1 日中华人民共和国"成立之前"还是"成立之后"参加革命工作。在芜湖这样的"国统区",1949年10月1日前参加革命工作,基本上就是地下党,就是提着脑袋干革命。没错,1921年出生的祖父,履历书上写着:刘吉荣同志1943年参加中国共产党地下党组织。1943年,我的父亲,作为祖父的第一个孩子刚刚出世。

祖父这个地下党,怎么干的革命?小的时候,祖父有一群战友——彼时也都是老头了,常来家里聚聊,一定说过什么,但我是基本忘了。现如今,只记住一个细节。祖父说他那时候在一家店里当伙计——后来这家店主的儿子娶了祖父最小的妹妹,每天打打酱油、包包糖纸包,突然就闯进来几个黑头鬼子,后面还跟着端着刺刀的日本鬼子,问柜台后直打哆嗦的小伙计是不是"八路"。还好,大概鬼子认为这么胆小的人不会是共产党,走了。

在南京和芜湖的方言里,黑头鬼子就是汉奸。"黑头鬼子最坏!"这是祖母生前最爱说的话之一。你想,南京到芜湖满打满算一百零七公里,20万侵华日军1937年分六路进逼南京城时,"第十军所属之第一一四、第十八及第六师团自杭州湾登陆后即向西,经太湖之南,其中第一一四师团绕太湖南岸北上取宜兴，经溧水而攻南京城西之花神庙、雨花台、中华门。第六及第十八两师团西进，于11月30日陷广德后，第十八师团及伪满于芷山旅继续西进，于12月8日陷江南重镇芜湖"。伪满于芷山旅这类汉奸势力，是侵华日军能够"势如破竹""直取腹地"的重要依靠力量。英国《曼彻斯特卫报》驻中国记者田伯烈在其1938年初写的《外人目睹中之日军暴行》中记述："在占领芜湖后的第一个星期内，日军对于平民滥施虐待屠杀，对于住宅肆意抢劫破坏，超过我旅华二十年中所经历的任何事变。"芜湖城破当日就被屠杀两千七百多人。我读书的中学因为是当年日军据点，芜湖和日本高知市在1985年结为友好城市那年，经常有日本访华团在校园里张望，当时给我们上历史课的谢老师对此特别不以为然。这是余话了。

在鬼子的屠刀阴影下，祖父当年参加地下党，坚持并活到新中国成立，还真是个奇迹。当年的现实是，青春热血消退后，许多人中途由于各种原因退出了地下党组织，也有人重新加入了国民党，坚持下来的一些人在渡江等重大战役中也有可能失去了生命。

也曾提着脑袋干革命，但是，祖父的离休可不是一件容易的事。

祖父 60 岁那年，父亲已是一家单位的负责人，作为家中长子，又是唯一的男孩，为祖父办离休的事儿，自然落在他的身上。事情起初似乎很不顺利，镶着退休证书的镜框都已经送进家门，百分之七十五的工资也拿了一年多了。祖父好说话，按照他的本性，大概也就不去争了。祖母不干了。祖母不识字，9 岁的时候，就成为祖父的养媳妇。祖母娘家是开豆腐店的，家境也还过得去，豆腐店小姐成为养媳妇后，脾气依然很大。脾气急躁的祖母生前总是感叹，说祖父是别人打了右脸还会把左脸伸过去的老好人。祖母的终生职业，就是伺候祖父、保护祖父。父亲早年的性格特别像祖母，好强，不服输。我们皖南人重视教育，但凡家里有点底儿，一定会让子弟外出求学。父亲作为家中独子，十一二岁就在祖母的眼泪中，独自一人到皖南教育重镇歙县中学读书。父亲也宽厚，但少年负笈求学的经历，使得他特别有主意，不轻言放弃。离休，在当时，不仅意味着每个月多拿几十块钱工资、生病可以住干部病房，关键，我想，关键还有个政治身份问题。因此，为祖父办离休，成为家中相当长时间里的主要话题。祖父和父亲为此经常言语不合，祖父的意思大概是算了，父亲不愿意半途而废，他像一头徽州驴，总是给自己加压。办得不顺利的时候，父亲也会刺喇祖父"都是因为你自己——"每逢这个时候，一向温和的祖父都会急红了脸。祖父不善于辩论。记忆中，祖父在世的时候，父亲和祖父的关系一直很微妙，在外人眼里是恭敬对象的祖父，在父亲的嘴里往往是批评对象。父亲总说祖父年轻时"不顾家"，祖母不容易，独自把他们兄妹仁抚养成人。祖父怎么个不顾家？因为工作忙？心智简单如我，曾笑父亲是俄狄浦斯情结作怪。

也真是不爱想事，当时和其后都不懂得问祖父，为什么他这样出生入死的资历却不能够顺顺当当地离休？

祖父离休的事总算办妥了。事情的转机是，与祖父一同出生入死的战友在中华人民共和国成立后做了地方上的第一任书记，这位德高望重的战友亲自过问了这件事。结果，祖父镶在镜框里的退休证书换成了离休证书——这也很像许多电视剧里的桥段"大人物出场矛盾迅速解决"。证书送达之日，祖父是怎样地高兴，已经忘了。

只记得，若干年后我到兰州上大学，祖父认为西北太苦了，瞒着我的父母，每个月都要从离休金里给我额外再寄十五块钱零花钱，同时附上一封信，蝇头小楷，末尾一定会署上"祖父、祖母字"。芜湖方言管祖父都叫"爹爹"，祖父的信却总是自称"祖父""祖母"。现在想想，祖父虽然拿过枪，打过仗，骨子里终归还是一个旧式小文人，与世间的一些事总还是存有疏离感。

1992年端午节前两天，祖父脑溢血突然去世。由外地回芜奔丧，坐在车上，看着慢慢接近的阳台，空空荡荡，没有人，也没有声音。打开家门，一客厅的人都扭头看着我，至今清晰地记得父亲对我说的第一句话："丫头啊！你从此没有了爹爹！"一路干涩的眼睛此时如决堤之海。这是我人生中经历的第一个至亲的离去，失去的疼痛是慢慢地复苏的。5年后，祖母离去时，我正在一个边远的地方出公差。父亲将这个消息悄悄地瞒住了。那年春节，回祖居的地方祭拜祖父和祖母骨灰合葬的墓地。江南的水土如此丰饶，墓地已草木欣荣，正午的阳光亮得有点儿刺眼。

祖父弥留之际，告诉父亲，镶着离休证书的镜框后面有自己的遗嘱。祖父的遗嘱,是一页纸——"八条规定"。如今,只记住了四条。第一不要土葬,要火化;第二不开追悼会,不搞告别仪式;第三不收丧仪;第四一定要孝顺你们的妈妈、你们的奶奶。落款日期:1990年。这是祖父去世前两年写下的。这页遗嘱和那张离休证书,被父亲仔细地收藏起来。这四条,除了第二条有所妥协,父亲都执行得很好,特别是第四条。一向泼辣能干的祖母,祖父去世后不久就得了老年痴呆症。父亲原本就特别孝敬祖母,祖父去世后,他把年迈有病的祖母接到身边生活。

奇怪的是,父亲在祖父去世后越来越像祖父了,比如喜欢独自喝点儿酒,比如好脾气,比如对儿孙的溺爱。他在用自己的方式怀念祖父。今夏,祖父的秘密,也是父亲在酒后的谈话中泄露的。

"为什么祖父当年离休那么费劲儿?"

"你祖父1950年被开除过公职。1951年重新入职。"

"为什么被开除公职?"

"不太好的事就不要说了。"母亲挡住,不让父亲往下说。

"我们家的历史,你们也应该知道。新中国刚成立时,祖父被组织上派到一家乡镇蹲点，蹲点后委以重任，没想到，在那里，他喜欢上了一个女孩，一个地主的女儿。年轻人嘛！"也已经退休了的父亲，亲口说出祖父的这段历史，内心应该是同情并原谅了祖父。

往下的情节就简单了。一个战胜了敌人枪林弹雨的共产党员，却被地主阶级的温香软玉俘获，更何况本人还有家室，问题严重，组织上必须严肃处理。这是当时的形势。幸而祖父人缘不错，但被开除了公职，也被开除了党籍。也幸而祖父有文化，在那个特别需要人才的年代，开除公职后的第二年他被委派组建一个金融合作机构，重新入职，其后是重新入党。不过，从此，他的履历上，工龄都从1952年算起。

父亲说，直到1982年，老战友们联名具署为祖父出头，证明他在抗战时期和解放战争时期立下特殊战功，当年的绯闻是捕风捉影，当时的处分过于严苛，是一个错误。战友的力量是强大的。祖父的工龄和党龄因此又分别恢复到1943年和1946年。

岁月已远逝，记忆中的祖父，从来都是乐呵呵的，不曾有什么抱怨，也未见其忧伤。是我没有发现？还是在祖父的心里，苍狗与白云都已悠悠千载？

姨　妈

汉语里，有些词天生带感情。比如姨妈。

与姑奶奶的强势相比，姨妈这个词的指向要柔和得多，是有时可以替代外婆和母亲的女性角色。我总以为，没有姨妈的女孩，作为女人的这一辈子，仿佛缺了点什么。

再过些日子，姨妈就要从生活了一辈子的城市马鞍山来看母亲。现在是夏天，她们姐妹俩计划从北京直飞圣何塞。她们的大哥、我的83岁的大舅舅住在旧金山附近的圣何塞。那里，大概是全美华人居住密度最高的区域。

母亲最小，两个哥哥和一个姐姐都要大出好多。比母亲年长10岁的姨妈，新中国成立那年，与同属剥削阶级阵营的丈夫离了婚。不是姨妈觉悟高，而是这位先生着实不像

　　　　　　　　　　　　格桑花姿姿势势

话，年纪不大，吃喝嫖赌样样在行，母亲说他是个"二流子"。离婚后的姨妈顶着一头短发，兴许还别着一枚发卡，欢脱地从人群走过，便有许多未婚的男子心神不宁了。姨妈后来又有了两次婚姻。后两位姨夫不仅根红苗正，还受过较好的新式教育。第二位姨夫林业大学毕业后分到马鞍山的国营林场工作，他死后，第三位姨夫来了。这是位老中专生，一生都在市机关当会计，娶姨妈的时候，既年轻又帅。当时真是既守旧又解放，以两位姨夫的处男之身，竟然会娶一位离异和丧夫的女人，我想，与其说这位女人有魅力，不如说社会风气开明，以人为主体的爱情和以爱情为基础的婚姻贯彻彻底。

姨妈漂亮吗？说实话，母亲家没有长得特别漂亮的人，除了大表姐。大表姐的漂亮遗传自她的母亲，不一定是旧金山舅舅的功劳。很长时间，我都喜欢拿姨妈与母亲比较。比较结果，还是年轻时候的母亲好看。母亲个子矮，又有点发胖，这是中年油腻后的形象。年轻时候的母亲有张照片夹在烫金字的笔记本里，瘦削的脸上两只大眼睛满铺着忧伤的美。姨妈是瘦高的，一直瘦得很，精瘦的姨妈年轻时候特别活泼，又出生在所谓的大户人家，举止大约有了一些妙不可言的味道了。某年，看北京晚报刊发张学良的访谈文章，旁边配发了一张赵四小姐和张学良的晚年生活照，就觉得眼熟——姨妈长得可真像那位从来也不曾特别漂亮过的赵四小姐。也许，对男人来说，女人的容貌并不像想象的那么重要。

姨妈和旧金山舅舅出生时赶上外公的盛年。整个家族，外公行八。雄心勃勃、远近闻名的八先生，据说比《太平府志》里记载的那位御赐红翎的先祖还要才高八斗。八先生是乡绅，家设书馆，学生大多有出息。我工作后碰到的第一位高级领导竟然也是外公当年的学生，令人吃惊不小。马鞍山当时不叫马鞍山，叫当涂。当涂是整个太平府的行政中心，清雍正年间当涂成为安徽学政的驻地。当涂的隔壁是两江总督府衙门所在地南京。再远点是上海。上海是清朝晚期以后发达起来的。旧时当涂人外出，最喜欢去南京。外公的两个妹夫当时都在南京政府做事，其中，陶家妹夫已经做到次长的要职。两位妹夫都是外公的学生。外公单传，所以，外婆过门后一气儿生了12个孩子，以图壮大门庭。结果，活下来4个，其余8个前前后后由于各种各样的病死去，足见当时医疗水平很差。当然，也有人说外公后来鸦片抽得厉害，孩子们先

格桑花姿姿势势

天不足。

中国女人的生育能力是个奇迹。外婆一生十次生产，两对双胞胎，最小的那两个孩子是龙凤胎。"龙"自然集万千宠爱于一身，母亲是被轻视的"凤"。生这对双胞胎时，外婆热毒攻身，乳汁质量差。家中于是为"龙舅舅"延请了奶妈，着母亲喝外婆的乳汁。大家都以为母亲一定活不长。谁料，"龙舅舅"突然高烧不治，女孩虽然瘦弱可怜，毕竟长大了，日后甚至成为外婆最挂心的小棉袄。

一年冬天，已经是"文革"后大家可以自由往来的日子了，好像是正月，我在睡梦中被谈话声吵醒。那些年，大概为了弥补之前多年骨肉分离的缺憾，每逢春节，妈妈的兄弟姐妹都要热闹地聚上几天。那年，他们拖家带口在我们家聚会，人多，房子小，长辈们就围炉夜话，聊着聊着，声音大了起来。只听兆健舅舅粗着嗓子，恨恨地说："就是她，不听话，老跟王家来往，把妈妈活活气死了！"

兆健舅舅说这话时，被判气死自己妈妈的姨妈已经睡着了，不能申辩。

兆健舅舅说的王家，是外公的大妹夫家，也就是外婆的大姑子家。比较起外公家世代书香的特点，外婆娘家大概属于当涂街上恶霸老财一类。一代人有一代人的苦衷，外婆是个小脚女人，从有钱有势的城里嫁到乡下，并没有得势，或者说过得不大舒心。强势的小姑子和嫂子相处似乎不是很妙。在微妙的亲人间的争斗里，逐渐成人的姨妈受宠极了，像只花蝴蝶，是大家族的情感纽带和活跃分子。母亲说，姨妈早熟，喜欢也善于跟女性长辈打交道。从前，大家庭里用度大，大人孩子很少穿商店里的成品衣，从头到脚基本上都是自家妈妈或者街上裁缝的手工艺。姨妈天性灵巧，又经外婆严格训练，一应家务活都拿手，女红尤其出色，颇受大家器重。比姨妈小十岁的母亲就没这么幸运了。母亲出生时，外公已抽上万恶的鸦片，身体毁得厉害，没等中华人民共和国成立，就抛下一家老少先自解脱。外公病故前，家中良田基本卖得差不多了。外婆是新中国成立后的第六年，在自家老宅的门房里离开人世的。外婆去世后，13岁的母亲成为孤儿，依靠哥哥姐姐接济生活。母亲没有童子功，后来所会的一点针线活，大约是生计所迫、无师自通。凑巧的是，针线活对我们刘家女眷来说也是弱项，母亲的那点三脚猫功夫在婆家居然被称赞。姨妈听闻非常吃惊。姨妈心中，妈妈大概永远是那副笨手笨脚的小模样。母亲于姨妈，是妹妹，也似女儿，外婆死后，母亲主要被姨妈照拂。母亲的笨是被姨妈的巧衬托出来的。

外公去世前夕，姨妈嫁给以浪荡而名的丈夫——这个丈夫当然是长辈指腹为婚的后果。婚姻和家庭是旧式女人的全部，得遇良人，便是一好万好，否则一生打了水漂。今天的女人差不多亦如此。旧式婚姻又不由自主，完全靠碰运气。以姨妈当时的人才，第一个丈夫的德行当然不匹配，姨妈愿意过安稳的人生。好在人民政府主张婚姻自主，趁着有利形势，姨妈毅然决然提出离婚。半个世纪前的江南，传统势力之顽固要远胜别处，姨妈此举是见识，更是勇气。见识归功于自我教育，勇气则出自天性。姨妈的这份永不消逝的勇气，其后在不同的时期，以不同的形式，支撑着她。

1949 年初，国民党政府计划撤离南京，迁转广州。陶家姑婆手里有几张机票，想带走娘家侄子，被外婆一口拒绝。男人不在了，女人家要自己拿主意。当年，看着意气风发的大舅舅，看看尚未成年的小舅舅兆健和年幼的母亲，外婆决定更信任自己的娘家，把未来筹码全部赌在自家哥哥身上。不料，还没等中华人民共和国成立，这位哥哥就因命债只身潜逃东北深山老林，六七年后被揭发和枪毙。这六七年间，外婆的这位胆大包天的哥哥还娶了位太太，生了几个孩子。半个多世纪过去了，音信杳无，母亲家的这一脉血脉是风筝失线，失落在东北大地上。

陶家一家和王家姑爹最终去了台湾。陶家刚出生的二儿子、王家姑婆和她的三个儿女留了下来。大舅舅与南京表弟从南京出发，随解放大军南下，落户在云南文工团。日后不久，表弟成为大舅舅的大舅哥。二十世纪七十年代，陶家从台湾举家迁到美国夏威夷，后来去了旧金山。七十年代中期，中美恢复邦交没两年，陶家姑婆病重，想念大舅舅。在父亲的帮助下，刚刚脱掉右派帽子的大舅舅，拿着探亲签证，渡过重洋，去探望分别了近三十年的亲人。姑婆去世后，陶家姑爹念旧，希望大舅舅留在旧金山陪伺他。大舅舅这一留就是近四十年。

带着儿女坚持留在大陆的王家姑婆倒是活了很久。我见过这位姑婆，这位现实版的王熙凤。

王家姑婆晚年总是一个人端坐在大屋子里，窄长脸，说话很轻，不怒自威。儿媳妇老实，端茶送水，恭恭敬敬。我们小孩都怕她，绕着她走。鲁迅写他的曾祖母一个人坐在黑暗中，淘气的孩子爬上膝盖拽一拽头发，也不生气。我们这位姑婆，是没有哪个孩子有胆量爬上她的膝盖的。只有姨妈例外。姨妈与王家姑婆一见面就叽叽咕咕，老人家偶尔还会笑得前仰后合。一人一命，大小姐出身的王家姑婆，前半生被人伺候，后半生为了生存，施予别人难以想象的痛苦和折磨，自身想必也经历了难以想象的痛苦和折磨。当年她为什么不愿随夫去台？在她和姨妈的交谈里，也许有一些秘密可以共享。王家姑爹去台后再无音信，两岸"三通"了，传来的消息是人已去世。凝望那端坐俨然的背影，王家姑婆的内心世界，我们永远无法懂得。

　　老式人家礼多。母亲回娘家，也会给王家姑婆送去礼物，但很少与她交流。以至于很长的时间，我都以为那位威风凛凛的老太太是母亲家的老街坊。外婆最痛苦的那些日子，年幼的母亲都看在眼里。母亲说，王家的儿子经常在外婆正吃着饭的时候大喊"陈师娘，你出来！"外婆就放下饭碗，跌跌撞撞地去拿纸糊的高帽子。某种程度上，外婆的确是被王家人气死了。母亲说，由于外公抽鸦片，外婆投资不当，家里早已破产，除了一些字画文玩，并无多少浮财。起初，外婆生活还很正常，在云南工作的大舅舅也来信说准备转业回家。但接着就不对了。当时号召打地主分浮财，率先跳出来，喊得最凶的，不是别人，正是嫡亲的王家姑婆和她的两个儿子。特别是那位老大，因为表现积极，当了队长，整天喊着批判陈师娘。陈师娘就是外婆，他的舅妈。总而言之，亲人间的背叛，比不相干的人的虐待更具杀伤力。奇怪的是，姨妈跟这位姑婆的关系始终很亲密。王家姑婆将近90岁才无疾而终。这期间，所有关于姑婆的消息，都是姨妈讲给我们听。小舅舅兆健对此尤其不满。

外婆去世后的第三年，母亲去外地读书，体检时体重不足50斤，差点被招生办拒之门外。此后又过了将近二十年，母亲才带着她的丈夫和孩子，再次见到自己的哥哥姐姐。

母亲的两个哥哥年轻时相貌酷肖，不熟悉的人往往会认错。兆健舅舅要瘦一点，高一些。除了姨妈，母亲70岁后的模样跟哥哥们也很相似，兄妹俩簇拥在沙发上，竟然像老哥俩，DNA 遗传的顽固性可见一斑。晚年的兆健舅舅佝偻了，皱纹深刻，比旧金山舅舅还显苍老。旧金山舅舅是全家的精神核心，我将另著文记述。

在母亲的亲人中，我第一个见到的是兆健舅舅，其次才是姨妈。

1977 年，这个日子，不会错。这年，这个叫刘琼的小姑娘 7 岁，基本是个文盲，被祖父母坐船坐车送到小城。父母在小城工作。小城真小，生活在这里的人互相知根知底。小到拎着一个印着大红牡丹的水瓶去荷花塘的老虎灶冲开水，去老虎灶的那条青石板路刚刚下完雨，滑了一跤，壶碎了，还没回到家，小孩子的耳朵里似乎已经传来了母亲怒气冲冲的训斥。当然，这只是小孩子的想象。母亲那个时候虽然年轻，但脾气极好。母亲姓陈，单位里的人都喊她小陈或陈阿姨。喊"陈阿姨"的那个新入职的姑娘其实比母亲小不了几岁。从前人为了表示尊重，会伏小做低，明明是弟——会称兄，明明是同辈——会尊称长。年轻的小陈或陈阿姨长得好看，当然，最主要是性格温和。母亲和婆家的关系一直很亲密。我们老刘家这一支明末从江西南昌迁徙到安徽，又经数次调整，定居在水泽之乡芜湖。外来户通常有危机感，凝聚力较强，老刘家人日常往来因此比较频繁。乡下人简单，有时候不太讲礼，当然，通信也不发达，往往中午十二点下班，母亲急急忙忙从单位赶回家，刚煮好饭，对门奶奶一声"小陈，又来客人了"，走进来三五个在城里办完事的亲戚和亲戚的朋友。特意为孩子们长身体准备的一小碗红烧鲫鱼，瞬间成了客人的下酒菜。母亲脾气好，小孩子不高兴了。母亲通常还会差我们去机关大院外的卤菜摊，斩上三两块钱的红鸭子。卤鸭分红白两种，卤汁卤出来的是白鸭子，红鸭子指烧鸭。那家卤菜摊的红鸭子皮脆肉嫩，特别出名。要是赶上吃早饭，我们就得端着搪瓷缸去马路对面的荆江饭店买两屉小笼包待客。回回如此。亲戚们都夸奖母亲贤惠。贤惠，大概是小地方人对于女性的最高评价了吧。父母是双职工，工资低，花销大，记得每到月中，母亲便悄悄去找管劳资的陶奶奶预支下个月工资，所谓寅吃卯粮，实在因为入不敷出。这样的日子里，我们最盼望祖父母来家。祖父是离休干部，工资高，父亲又是独子，祖母格外溺爱父亲，每次祖父母来看我们，几乎就是整个副食品公司上门服务，各种时令鲜货

　　　　　　　　格桑花姿姿势势

如菱角、荸荠、甘蔗、粽子，等等，一应俱全不说，还有清早刚从屠宰场买来的猪里脊肉和各种下水，从"出入风波里"的小渔船上趸来的成袋活鱼。豆腐坊女儿出身的祖母，厨艺是出了名的好，一把普通小青菜都会炒出滋味来，面对嗷嗷待哺的几张嘴，更是使出浑身解数，顿顿变出花样。祖父祖母来家的日子，是小孩子的节日，不仅口腹之欲大大满足，因为有祖父母的依仗，父母对我们的管教也会适当放松。可惜，不等自带干粮吃完，祖父就说要走了。母亲一定是苦苦挽留，小孩子也眼泪汪汪。这种情况下，往往是祖父先走，祖母再单独留下来住上半个月。待到祖母要走时，祖母自己先就不舍、流泪，临行前还会给每个孩子都留下零花钱。如是，在孩子的错觉里，只道我们兄妹是祖父母疼、祖父母养。

与祖父母如此相亲的一个客观因素是，很长时间里，我们只能感受到父亲家族的亲情。从我们生活的芜湖到母亲的娘家当涂，直线距离不足 80 公里，9 岁那年，我才第一次见到母亲家的亲人。

能够见面的确切原因已不记得。在此之前，主要是不能见面的日子，母亲与她的哥哥们似乎断断续续在通信。一个人关于语词的记忆特别偶然。比如我，第一次知道"唇亡齿寒"这个词，只有八九岁，是无意间在忘了上锁的抽屉里看到兆健舅舅写给父亲的一封信。兆健舅舅信中先是热情洋溢地夸奖了一番父亲对于母亲的多年照顾，说我和你的关系现在是"唇亡齿寒"，今后要多联系、多关心，等等。大意如此。文绉绉，新鲜，好奇，不懂，并记住。

第一次见面是1979年的冬天。那年冬天，南方奇冷。对于我，这次见面是悲惨的记忆。大年三十的黄昏，雨雪霏霏，父亲母亲领着我们兄妹，背着特别沉重的年货，一路换车，最后停在了采石矶。李白的"天门中断楚江开，碧水东流至此回。两岸青山相对出，孤帆一片日边来"写的就是采石美景。李白的叔父李阳冰在当涂当县令，李白一生七次来此并终老青山，青山李白墓迄今仍是文人雅集之地。可惜，美丽的采石给我的第一印象，是泥泞和严寒。父亲母亲拿着一张写着地址的纸条到处问路，夜幕下，行人越来越少。已是掌灯吃年夜饭的时分，近处远处的炮仗稀稀拉拉地响着。哥哥牵着我的手，深一脚浅一脚走在后面，又冷又饿。寻找还是无望。兆健舅舅婚后定居的这个地方，可怜母亲大人也是第一次来。我哭了，不肯继续往前走。娇气，任性，这一场哭泣后来成为哥哥笑话我的主要把柄。总而言之，这一场艰难的寻找最终结束在深夜。就在父亲和母亲都快绝望之际，竟然邂逅小舅舅兆健家的一位邻居，他从外地回乡。热情的邻居直接把我们送到兆健舅舅的面前。通信设备不发达的年代，兆健舅舅的后院里，一大家人正一筹莫展。见到素未谋面的妹夫和孩子，桀骜不驯的兆健舅舅一把抱起还在哭泣的我，傻呵呵地笑了。这时候，从后院走出来一群女眷。那其中就有姨妈——姨妈自然是最醒目的女性。具体的细节忘了。姨妈反正流泪不止。姨妈的能干和气质像探春和史湘云的结合，她的善良却是李纨式的善良和柔软，因此，就连气死外婆的王家姑婆也能在她那儿获得友谊。面对二十年没见的小妹妹，姨妈百感交集。姨妈一生豪爽大方，是日常生活里的女侠，与母亲感情又极好，见到我们这些侄儿侄女，恨不能把口袋里的钱都掏出来当压岁钱。姨夫在一旁尴尬地笑着。母亲敏感，坚决地制止了姨妈的豪举。

母亲小资，早就托人从上海捎回各种图案各种质地的漂亮手绢，这会儿从行李包里拿出，一一分送给表姐们。男孩子们当时是什么礼物，我忘了。多出的两块最后悄悄地塞给最小的英表姐。她不知何故，正噘着嘴生气。这位爱生气的英表姐，我们后来都叫她气表姐。气表姐成年后陷入传销陷阱，差点把命丢了，这是后话。夜深了，小舅舅端着酒杯一饮而尽，说："我们一家终于团聚了！"

我已是一个男孩的母亲后，母亲和父亲有次当着我的面谈起姨夫姨妈，起了纷争。母亲说姨夫不配姨妈，父亲坚决不同意，说姨夫当时娶姨妈，是姨妈的高攀。

姨妈的前两次婚姻是我们家的秘密。长到30岁，我都以为姨夫是姨妈的原配。老中专生的姨夫爱计较，姨妈恰恰格外大方、大气，两人性格反差巨大。小孩子都喜欢大方的人。我认识姨妈的时候，农民出身的姨夫在市机关工作，城里分了房，姨妈这位前大小姐还是愿意回乡务农。她可真能干，也爱干活，完全是劳动妇女的麻利和勤劳。干完农田和菜园的活，姨妈在自家的客厅开了一个小小的杂货店。我第一次到姨妈家，就被这个微型杂货店摆放的各式糖罐深深地吸引。姨妈大方，村民来店里打酱油、买火柴，喜欢赊账。村民收入来源大多很少，有的人赊到最后，还不起账，就开始赖账。饶是这样，姨妈还要抓两颗水果糖，硬是塞到那位抱在怀里的小妹妹的手里。一年结算下来，杂货店连本都收不回来。当会计出身的姨夫不高兴了。这个店开还是不开，成为他们家常年吵架的源头。"傻大方"，是姨夫给姨妈判定的罪责。姨妈不傻，姨妈就是大方，加上脸皮薄，她拉不下脸来跟人要债。另外，必须承认，在泼辣这点上，姨妈真是不及一般劳动妇女。乡村社会，红白喜事应酬多，应酬在于来与往，姨妈的"往"总比"来"的标准高。原先村民收入少，姨妈这种大方还可理解。最近这些年，这个地方开矿山、修机场，村民手头有钱了，还是这样的往来模式。姨夫当然不高兴了。宅心仁厚的姨妈眼里，大约人人都很可怜。别人稍稍哭下穷，她就信了。

姨妈总是吃各种亏。姨妈家的隔壁住着姨夫的父母和弟弟一家。两家一墙之隔，但往来不多。热情大方的姨妈，与普通邻居反而出出进进来往频繁。我年幼时对此很不理解。后来知道，当年姨夫娶姨妈，不是没有压力，而是顶着巨大的家庭压力和社会舆论压力。就拿兄弟两人联合建房来说，按理应该一家一半集资，父母开口了，说弟弟收入不及哥哥，哥哥应多出。分房时，至少一家一半吧，反而是弟弟比哥哥多分一间，理由是父母跟他们同住。长子为大，姨夫是长子，习俗上长辈应该跟姨夫住，但公婆拒绝了。没说理由，大家心中明白。姨夫跟姨妈结婚，姨夫的父母对这位结了两次婚的儿媳是千般万般地不满意，万般千般地反对，无奈儿子坚持，老两口没办法，儿子终归是儿子，他们最终是把鄙夷和冷淡毫不掩饰地撒到姨妈的身上，甚至殃及孙辈。他们不仅嫌弃姨妈，还嫌弃姨妈跟姨夫生的三个孩子，这使姨妈愤怒和痛苦。在传统中国社会，因为联系密切，婆媳矛盾是常有之事，有智慧的丈夫会调停双方，大事化小，小事化了。我的这位既年轻又帅的姨夫结婚时颇有勇气，结婚后对家庭关系的复杂性既缺乏充分的预料，又缺乏化解智慧，于是家庭关系越来越复杂，大家庭失和，小家庭也失和。姨夫姨妈的性格反差显示出来，作为男人的姨夫，在姨妈眼里的分量越来越轻，越来越无法依靠。再强势的女人骨子里都是柔弱的，都需要爱人呵护，何况是姨妈这种命途多舛、曾经经历过甜蜜爱情的女性。一腔热血或者是被爱情迷惑的姨夫，走入婚姻后，忘了一个基本事实：对于一个社会，家庭是独立的政治单位，婚姻是经济关系，也是政治关系，夫妻是命运共同体。生活的压力全部叠加到姨妈一个人身上。与公婆不和时，姨夫又常常指责姨妈。两个人的矛盾越来越深。姨妈那张曾经欢脱昂扬的脸渐渐地就垂了下来。

尽管百般不易，姨妈这一生的主要时光都贡献给了姨夫。

待到我稍稍解事，姨妈和姨夫的家庭矛盾已尽人皆知。小姑娘喜欢瞎想。有时候，我就想姨妈要是嫁给一位温和的姨夫，姨妈会是什么样呢？

姨妈会是什么样呢？从母亲和长辈们的嘴里，姨妈的前尘往事渐渐浮出水面。

姨妈的第一次婚姻解体，姨妈占主动权。姨妈离婚得到大家支持。这次婚姻，没有给姨妈留下任何负资产。

姨妈一生最幸福的时光，是第二次婚姻期间。那是姨妈最好的年华，恰当的时候，遇到了恰当的人。然而，最好的年华最短暂。外婆去世那年，姨妈的第二个丈夫跳楼自杀了。

母亲讲这一段的时候，正是月圆的夜晚。好像还是中秋节。我们家有拜月亮的传统。每逢中秋，母亲总是当窗摆好桌子，放上四碟供品：石榴、苹果、菱角、月饼。那一年，应该还在读研，我从杭州回到芜湖过中秋。夜深了，一边嗑着菱角，一边聊天。母亲开始不把我当小孩了。母亲叹息，说姨妈的命真薄啊，明明很出色的丈夫，明明很恩爱的夫妻，何况女儿出生刚刚一个来月，怎么就会去跳楼呢?!据母亲描述，这位姨夫文质彬彬，脾气特别好。母亲说这话时，潜意识里一定在拿后来的姨夫作比较。

脾气特别好的第二位姨夫去世时才 26 岁。姨夫死的那天，正是夏天，南方夏天的雨又急又大，持续了整整一天。傍晚时接到消息，只有十来岁的母亲，陪着可怜的姐姐去太平间看死去的人。母亲说她怕极了。母亲说这话时，我的毛孔仿佛也竖了起来。姨妈当时还在月子里，姨夫的消息传来时孩子正发着烧，不久后，也死去了。这是姨妈的第一个孩子。老天似乎跟她开了一个玩笑，瞬间把一切都剥夺了。滂沱大雨不停地下，天都下漏了，姨妈的眼睛也哭漏了。哭了整整一个夏天的姨妈，坚强地活了下来，只是沉静了。她的幸福仿佛正在离她远去。

母亲讲这一段的时候，也是我的一位平素安静内敛的男同学突然跳楼的第二夜。他死后，我们在他的宿舍里发现了写满字句的纸张。这位黑龙江北安考来的男同学，内敛，安静，内心酝酿着巨大的火山。若干年后，也是这样的季节，我的一位年轻有为的男同事从六楼跳下。死是一个人的权利，姨夫以那种决绝的方式离开人世，是姨夫的自由。对于姨妈，却是永久的伤害。这么多年来，姨妈很少谈及这位姨夫。只有一次，她跟母亲聊天，聊到人性，她说"那个人的性子太软"。这么多年过去了，姨妈的话里还带着不能释怀的恨，她是恨他不陪自己度过漫漫人生，恨他把没有办法了却的思恋和痛苦留给生者。尊严是男人的生命，尊严有时不过是巴掌大的事情，在女人看来。

"心比天高，命比纸薄"，是中国古典小说《红楼梦》对林黛玉、晴雯、妙玉这类女性命运的提炼。追求爱情和婚姻自主的姨妈，挑来挑去，挑到第三位姨夫。

母亲偶尔抽空带我们去看姨妈，姨妈特别高兴，在那张有着踏板的旧式大床上，姐妹俩常常要絮叨到天亮，睡在隔壁的姨夫是姐妹俩永远不变的话题。姨妈的无奈也像岁月一样永远不变。中国式的劝架劝和不劝离，母亲也如此。我在脚头听个一鳞半爪，睡着了。

心高的姨妈，与姨夫磕碰了一辈子，终是把日子过了下来。姨妈50多岁的时候，公婆去世了。姨夫跟姨妈也吵不动架了。公婆去世后，姨妈的第一个举动，是把乡下的住宅跟隔壁小叔子家彻底地切割开来，往后退了五米，圈了个独门独户的院子，盖了栋小洋楼。有段时间，可能是姨夫刚退休那几年，前庭后院种满了大大小小各种植物。被姨妈伺候了一辈子的姨夫，开始殷勤地伺候他的那些花儿草儿、盆儿景儿。这些娇气的花木在姨夫的手里居然蓬蓬勃勃，花木都颇有姿色。一辈子，姨妈都没有这么清静过。花木葱茏的小院似乎有了点世外桃源的味道。

世外桃源的日子很短暂。先是小院原址被机场建设征用，后是姨夫突然倒下。

姨妈和姨夫住回城里。三室一厅的房子，空空荡荡，老两口终日面面相觑。一日早起，姨夫突然舌头就打结了。这是开始。接着，记忆崩溃，貌似精明了一辈子的姨夫就这样痴呆了。痴呆了的姨夫有一天上洗手间，坐在马桶上，就再也没有站起来。

想起1979年那个冬天的夜晚，姨妈掏钱姨夫尴尬的笑，

格桑花姿姿势势

想起更多充盈日常生活的来来往往，想起姨夫既年轻又帅时的热情。姨夫很高，也瘦，肤色白皙，即便是年老痴呆后也还干干净净。姨妈嫁给姨夫，也一定感受过爱情的欢愉。姨夫走了，我们都为姨妈松了口气。这是我们的私心。姨夫这辈子大概连一个碗都不曾洗过，姨妈像伺候孩子一样伺候着姨夫，不包括各种责难。姨夫走了，姨妈应该彻底轻松了。姨妈的腰从来都是直直地挺着，70岁的时候，从远处看，背影还像个少女。姨夫去世后，姨妈的腰开始佝偻。母亲担心，邀姨妈来京小住。姨妈答应了。冬天推到春天，春天推到夏天，这个夏天应该可以成行了。

突然想起一个遥远的细节。也是一年春节，大家聚在一起包饺子，不知为什么，姨妈就摸着我的手对母亲说："这丫头贵人命。手指又长又圆，手掌还那么绵软，有肉。"当时正在学汉乐府诗《孔雀东南飞》。从芜湖坐轮渡渡过长江，就是庐江府。庐江府小吏焦仲卿妻刘兰芝的故事那么悲惨没记牢，记牢的反倒是"腰若流纨素，耳著明月珰。指如削葱根，口如含朱丹。纤纤作细步，精妙世无双"这几句。中学生一边背书，一边相互比较，看看到底谁是"指如削葱根"。我先自颓了。不想，这被嫌弃的绵软有肉的手，在姨妈眼中竟是"贵人"。许多年过去，姨妈当时惊喜的模样又还原到眼前。姨妈自己"指如削葱根"，是标准美人手，但她好像并不满意。

《孔雀东南飞》里还有几句我也喜欢，它是"枝枝相覆盖，叶叶相交通。中有双飞鸟，自名为鸳鸯，仰头相向鸣，夜夜达五更"。

格桑花姿姿势势

叙述、存在与历史

叙 述、存 在 与 历 史

叙述、存在与历史

今年是世界反法西斯战争胜利 70 周年，从战争开始到战争后的今天，70 多年来，各种各样的文本对这场人为的世界性战争以及战争产生的灾难作了丰富的叙述。历史和叙述的关系如此重要，借由这些文本的叙述，有的人和人群已经被钉在了历史的耻辱柱上，有的行为还在被传播和赞美，有的苦难始终在心灵深处淤积。也正是在这样的叙述中，这段历史被发现、被记取、被研究、被反思，活态传承至今。

历史学家詹姆逊在《政治无意识》一书里写道："历史并不是一个文本，因为从本质上说它是非叙事的、非再现性的。然而，还必须附加一个条件，历史只有以文本的形式才能接近我们，换言之，我们只有通过预先的（再）文本化才能接近历史。"历史有没有"本质化存在"？答案是"有"，否则便陷入了历史虚无主义和历史不可知论。那么，谁掌握历史的"本质化存在"？基督教徒认为是"上帝之眼"，中国老百姓则认为是"老天爷"，"上帝之眼"也好，"老天爷"也好，这两种说法都提供了一个共同的信息，即在已经逝去的时空里，存在着一个可能遥远也很难企及但确实拥有的客观历史。历史一旦走过"彼在"的客观时空，我们对历史的认知就只能通过各种转述和记忆进行信息比对，而历史的完全信息在一次又一次的不同的转述和记忆中不断地"沙漏"，同时也不断地"捡漏"。因此，对于历史的认知，如果不是别有用心的话，后世之人的所有努力都是在尽可能地靠拢"彼在"，接近历史的真相。我的一个研究希腊艺术的朋友说，希腊语中"历史"一词的词根"historia"原义就是"调查""寻找""研究"，它说明人类在早期对于历史真相及本原的认识就是清醒的。

历史存在于文本叙述之中，这是新历史主义的一种观点。从逻辑上讲，不仅后世之人借由前世遗留的各种叙述文本进入已逝的历史，即便是当其世者，接触和把握的信息也是局部的和零碎的，也需要借由他人的叙述来了解现世的信息。那么，谁在叙述历史？谁在建构历史的不同文本？

目前认为主要有两类叙述者。一类是建立在历史自觉建构意识之上的撰史修志者，他们通过拥有的信息资源，撰写各种年鉴、年志、备忘录。我们通常所谓的正史便是指此一类。一类是以历史以及当下现实的事件、人物为原型素材进行文艺创作的文艺家。叙述是一种主观创造性行为，叙述风格因为叙述主体的不同而差异性很大，不同的叙述风格形成不同的历史文本。叙述主体对于信息的取舍剪裁尺度，完全取决于他的历史观。

暂且不说民间修史和官方修史在视角、立场和趣味上的差异，即便同为官方修史者，即便是以客观史实为依据的"正史"，在信息取舍时同样存在很大的腾挪空间。司马迁和司马光出身不同、抱负不同、遭遇不同，修出来的史书，即便就同一个史实判断也有差别。同样是记述汉高祖刘邦在废不废太子刘盈一事上的态度变化，根据《史记·留侯世家》记载，刘邦见到"商山四皓"拥戴太子刘盈，深受触动，让人找来宠妃戚夫人，对其解释无法废太子的原因："我欲易之，彼四人辅之，羽翼已成，难动矣！"《史记》的这段话意在表明，"商山四皓"出场，促使刘邦知难而退，历史因此获得转机。描写或者传播特殊人物的特殊人格和特殊力量，《史记》的这种传奇性叙述，被司马迁之后的司马光否定了。官居宰相的司马光官场历练丰富，对于政治事件的判断更倾向于时势的计较和权衡，因此，《资治通鉴》对刘邦态度的改变提出了三个事实力量：首先是诸位权臣包括太子太傅孙叔通等人竭力反对易太子，其次太子生母吕氏家族势力强大，此外，众人也即民心都不看好刘邦打算改立戚夫人的儿子为新太子。今天，一些历史学研究者认为司马光虽然距离事件原发时间较司马迁晚，但是他的这种解释应该更接近历史和政治的逻辑。

司马迁和司马光基本上代表了两种历史文本的叙述风格。前者偏重表达叙述主体对于历史发展逻辑的认知，不一定俱按史实，用时髦的话说，而是着重历史的软文本的叙述。后者偏重史实分析和阐述，偏重对历史客观存在的陈述，着重历史的硬文本的叙述。不同的叙述形成不同的历史文本，也形成不同的历史信息和历史认知。两种风格各有千秋，从

　　　　　　　　　格桑花姿姿势势

审美的角度或有优劣之别，从认知的角度各有所长。真正聪明的历史研究者往往将两者互鉴互文，从重合和落差处发现事实的真相和人心取向的雪泥鸿爪。

每个时代都在历史的车辙之中，每个时代都有每个时代的文学记录。文学的存在也是对时代和历史的记录。

我们因何记住历史？可能的现实是，极少数人会读史志，绝大多数人则通过各种富有文学性和可读性的叙述文本获得历史思维和历史常识的培养、训练。文学既是人类精神和心灵的记录，也是历史的缝隙和历史细节的一种记录，文学和历史的关系，在一开始就是这么紧密。即便经历有效的历史训练之后，我们开始怀疑文学叙述的历史可信度，但文学自身一定不会放弃对于历史的叙述，这是文学存在的独特性所决定的。

历史是由一个一个个体组成。宏大概念或者精英观念对于一个族群或者人类整体是有意义的，而具体的普通的个体对于生命的感受往往与宏大概念不相干。作家刘震云说："生活有两种洪流，一种是时代和历史洪流，一种是个人内心的洪流。"对于文学创作，个体当然很重要，但是，个体的感受能不能成立，还需要历史来确认。西方学者因此提出大传统和小传统说法，试图论证宏大概念和普通个体之间的平衡互补关系。

文学是历史文本的一种重要叙述形式，那么，文学大？还是历史大？许多人会说这是一个伪命题。历史和文学怎么有可比性？但是它对个体的人有意义。比如，我怎么知道先秦的模样，无非是看了《阿房宫赋》。我又怎么知道汉末政治纷争，陈寿的《三国志》固然有涉，但大多人物和事件略略带过，更多的细节来自罗贯中的《三国演义》。因此，就我而言，在认知的一个维度上，文学等于历史。相信不只是我，许多普通人的历史印象都是借由语言的叙述逐步形成，并沉淀为顽固的认知。比如欧洲人对于希腊和欧洲"创世历史"的学习，基本上会读希罗多德的《历史》，但是大家知道，《历史》名为"历史"，作为一部叙述希波战争的历史著作，它也被公认为是一部描写欧洲早期风情、传说、人物的散文作品。

文学大还是历史大，其实，准确地说，应该是文学对于历史认知的影响大，还是历史对于历史认知的影响大。文学是用生动的方式悄悄地改变了人们的观念，从信息传播的有效性角度，一般来说，应该还是文学的影响大。从这个角度，文学对于历史的叙述应该保持审慎态度。

今天的历史学家按照符号学的分类原则，把承载文化信息的符号物分为非语言符号系统和语言文字符号系统两大类，前者包括器物和图像等，后者包括文本叙事（一重、二重证据），口传与身体叙事。广为流传的叙述主要是语言文字符号叙述，如果偷换一下概念，也就是我们今天所说的文学艺术。从口头文学开始，文学的广为传播特性，使它具备塑造历史文本的功能。因此，诗人在希腊神话里被称为上天和人间的使者、先知，先知与普通人在信息掌握的时间上有早迟之分，也就具备传播和建构历史的可能。更加确切一点地说，历史记忆的累积和形成，跟广为流传的叙述关系攸关。而前面说的非语言符号系统里的器物部分，从它们的发现、收藏和研究，衍生出考古学科。

今天看来，历史想象的基本路径是，包括各种文本叙事的语言符号系统往往先行一步，搭建出历史记忆的轮廓和血肉，考古学再逐一进行物证研究，以校准、比照、补充、确认，最后形成一种获得多数人认同的历史的阶段性结构。这种阶段性结构的精髓，会通过各种传播，沉淀为人类族群的集体记忆。在传播的过程中，这些记忆会不断地被质疑其确切性，随着考古学的发展和历史认知的修订，这种历史记忆会不断地调适。因此，历史的建构其实是线形的、开放的，这也正是历史不断地被编码、不断地被解码的有趣之处。像树一样不断生长的记忆，让人类在历史的线形长河中自主地寻找自身存在的时空坐标。所以，有人认为，考古学是历史的基石，考古学发现和提供的信息丰富了人类对于既定历史的认知。从历史信息和历史记忆这个角度，我赞同这个观点。

一切历史都是当代史，反过来，一切当代史也都是历史。谁在累加记忆？谁在传播历史？当然也是此时此在的人。

既然历史记忆本身在不断调适，为什么今天人对历史的戏说会招致历史学研究者的反感？因为历史是有逻辑常识的，常识是一座大厦，它是伦理的基础，戏说的非方向和非诚意一定会对历史常识也就是历史伦理产生破坏，后患不断。因此，即便是美国这样一个历史并不复杂的国家，针对文艺作品创作中国家历史题材的运用，它们也有严格的底线标准。

这样做的逻辑出发点不难理解：历史的叙述虽然是开放的，每一环的质地和花纹可以千变万化，但是环环相扣的链条式的结构是同向的，链接的基本逻辑是存在的，每个历史阶段也即每一环都顺着一个方向有序链接时，突然有一环链接方式相反或松散了，那么这根链条就无法持续编串下去。这可能就是历史叙述中大逻辑和小逻辑的平衡关系。

显然，某种意义上，历史几乎存在于进入历史的形式。历史是以什么样的姿态进入今天和今后？历史的走向是由大逻辑决定，但是人们对于历史的认知往往取决于细节。一组数字、一个姓名，还有一个细节、一段往事、一种命运，都是历史存在的形式。文艺是历史存在的一种特殊形式，那么包括中国在内的世界反法西斯历史如何存在于文艺之中？文艺创作用什么形式和历史相遇？

文学用叙述打开了历史的门，让可能性和合理性在这里相遇、碰撞甚至打架，呈现对于历史的想象力。这就好比我们对于70年前发生的"二战"的历史想象，一方面是通过亲历者的讲述，一方面是观看各种二战题材的文艺作品，比如《安妮日记》《第二次世界大战回忆录》《一个人的遭遇》

《第二十二条军规》。在此，要特别提到"二战"题材影视艺术，作为大众文化中最有影响力的一种文艺形式，影视艺术对于受众的历史观的影响是潜移默化的，它们在今天已部分地取代了文学"影响世道人心"的功能。这些年，欧洲主要战场波兰、英国甚至挑起战争的德国都有经典作品面世，法国的《钢琴师》，波兰的《战火遗孤》，英国的《艾希曼》，德国的《百万大逃亡》《第九日》等等。其他"二战"题材影视作品，如《诺曼底登陆》《兵临城下》《不列颠之战》《血拼大西洋》《辛德勒名单》《桂河大桥》等直面战争现场，传播影响也非常广泛。这当然是影视产业近年快速发展的成果。但我们一定要看到，欧美国家在"二战"结束以后对于历史的反思和认识一直没有停止，在这场旷日持久的反思中，对于英雄主义、正义、勇气、牺牲这些进步价值观的认知越来越明确。显而易见，这些价值观其实都可以归结到人类社会缔结的伦理层面，战争是对人类生存伦理的极大破坏，战胜战争也要依靠社会伦理支持的力量。

世界反法西斯文艺创作，通俗地说，即"二战"题材创作，是近半个多世纪来世界文艺创作的重要面向之一，原因之一是苦难深重、记忆深刻，人们在不断地进行历史反思，原因之二是素材丰富、题旨多义，可供文艺花样翻新地创造。从已经存在的文学和艺术文本来分析，关于"二战"，叙述基本上沿着三条线展开：一条是战争给人类带来的苦难，这个"人类"是个巨大的群体，有英国贵族，也可能是德国平民，有中国人、犹太人，也可能是撒克逊人，苦难是多重的，有物质的贫乏，重要的是精神的摧残、生命的消失；一条是侵略者的暴行，写各种人群在欲望支配下的反人性的行为及罪恶；一条是人类战胜战争苦难的勇气和智慧。在这三条叙述走向的基础上，有学者还总结出在不同的文化传统下，文本创作产生了苏联模式、英美模式、德日模式、中国模式，等等。

没有信息和记忆，历史就是混沌、蛮荒和无知，不能被确认和传播。关于"二战"，无论哪种叙述模式，都是对这一段刚刚过去的历史记忆的钩沉和打捞。分析一下为什么会产生这么多种模式，就会明白一个民族、一个国家的文化观、战争观、历史观、哲学观对于文艺创作的影响。有人说，对于"二战"历史，我们最好的纪念是铭记它的苦难和教训，铭记它对历史逻辑和伦理的破坏，铭记它的反人类性。怎么铭记？用文艺文本进行雕刻和传播，显然是有效的。

对于一个认真的创作者，他的创作一定是摆放在具体的历史镜框里。他会在大逻辑下，想象历史纷繁复杂的血肉，填充历史的缝隙。谁给予他大逻辑？族群的集体潜意识和我们通常所说的文化传统。当然，一个自觉的创作者，他会独立思考，甚至是质疑和挑战，但他要取证，如果有非语言文字符号系统如图像的佐证，这样，他就改变了这个环节的结构，实现了历史认知的精进，成为历史大逻辑的重要一环。

中国是第二次世界大战亚洲主战场，开始得早，结束得晚，十四年抗战，对于牵制轴心联盟三大国之一的日本北上苏联西去欧亚腹地发挥了重要作用。面对1931—1945年这段历时十四年苦难深重的战争史，中国的文艺是怎么来叙述的？这是庸俗比较学不由自主的联想。

那么，我们来看看中国本土的战时文学是怎么记录这段战争。首先进入视野的，当然是萧红的《生死场》和萧军的《八月的乡村》，这两部是直面十四年抗战的文学力作，其中《生死场》更胜一筹，它是萧红的"黄金时代"。由于东北首先成为日军侵华的战场，东北作家群从沦陷到流亡的写作，使他们的作品具有了特殊的视角和深沉的认知。同样写东北沦陷后的中国社会，或许从主观自觉的角度，农民出身的萧军的行动力和"革命性"要远胜于小资情调的萧红，也就是说他对于历史大势的判断力可能要强于被其拯救的萧红，然而，萧红是天才作家，她写出了沦陷后中国东北农民的气质——"生的坚强，死的挣扎"。

1999 年中国青年艺术剧院将《生死场》用话剧形式搬上舞台。当时还很年轻的女导演田沁鑫在处理结构时，安排了两场女人死亡的戏。一个是王婆女儿金枝的死，一个是二里半的妻子的死。王婆由一个特别好的演员赵娟娟扮演（今天已经没有几个人还记得赵娟娟了，因为其后不久她就因鼻咽癌去世了），之所以记住她，是因为在舞台二度创作中，这个王婆以头抢地的肢体动作太有张力了，以至于演员在舞台上流了大量的鼻血——当然，一方面是演员太用力导致，另一方面，事后知道赵娟娟当时已是鼻咽癌晚期了。台词也狠巴巴的，比如，王婆死而复生后对女儿金枝说"你生下孩子，我来养"，完全超出我对舞台剧的期待，活活地将王婆形象化。出神的表演，是《生死场》这部话剧后来获得文华大奖的一个重要原因。这是赵娟娟最好的一部舞台作品,我们当时都说她被王婆"附体"了。

"附体"这个词,其实也应该用在萧红身上。萧红被认为是天才作家的一个重要的理由是,她个人的阅历与《生死场》的人物并没有多少交集,她的主观认识也并没有强烈的自觉,她却写出了一部经得起时间阅读、体味和思考的作品,成为二十世纪前半叶东三省的一部历史文本。如此说来,客观存在的历史不会停留在消逝的时空中,它在不停地寻找自己的附体,被附体的人自觉,但往往是不自觉地成为了历史的叙述者。历史吞进去多少东西,它迟早会通过被附体者吐出来多少东西,历史是有真相的。对,这也是我那位研究希腊艺术的朋友的观点。

但是,萧红之后呢?无论是战时文艺还是战后文艺,包括影视、文学、美术,我们又能毫不迟疑地推出几部得到较大层面认可的作品呢?

所以,从这个角度,我们对于这场世界性的战争要深入研究,还要用心创作,因为"上帝之眼"和"老天爷"在看着呢。

从非虚构写作勃发看文学的漫溢

　　2016 年岁首，《时尚先生》刊发的特稿《太平洋大逃杀亲历者自述》引起关注，惊心动魄的真实故事和复杂痛楚的人性令人无法释怀，这是继 2015 年 5 月刊发《大兴安岭杀人事件》之后，《时尚先生》再次借"非虚构"发力。与此同时，《"情杀案"，12 年之冤》《西部娶妻记》等等，从《三联生活周刊》等刊物以及微信朋友圈接二连三地蹦出来。它们都与非虚构写作有关联。

　　非虚构写作似乎从二十一世纪开始才成为中国文坛比较引人注目的一种写作类型，而在世界文坛，它是一个写作大类，早在二十世纪六十年代就加入了写作行列。2015 年，白俄罗斯女作家阿列克谢耶维奇因为《来自切尔诺贝利的声音》

等作品获得诺贝尔文学奖这一事件，似乎再次确证了非虚构这一写作类型的文学合法性——此前著名的温斯顿·丘吉尔已于1953年凭借非虚构作品《不需要的战争》获得这一奖项。

从阿列克谢耶维奇获奖，我们还可以再次猜测诺贝尔文学奖的价值取向。苦难？独一无二？关切？文学在溢出边缘，苦难是不断开发的财富，文学应表现丰富的独一无二，总之，我们看到了一种不断突破题材限制和类型限制的写作潮流被鼓励，看到了文学写作的不断探索。

"真实"的真相，文学对于"真实"的态度。这两个问题恰好是理解非虚构写作伦理的关键。

对待"真实"的态度

作为美学的非虚构写作，首先要解决"真"的问题。

评论家李敬泽就非虚构写作接受《华西都市报》采访时说："真实，可不是一块石头，围绕着它有很多认识论的疑难……真的面向极为复杂，它不是由谁、由哪一个作者轻易判定和供给的，它是在艰难的对话和辨析中渐渐浮现的。所以，以求真为宗旨的非虚构的写作，需要严密的写作伦理、工作方法和文体规范，它比我们想象的更需要专业精神。"写作伦理和文体规范，也是今天以及今后我们谈论非虚构写作无法绕开的问题。

我们常常把真实和真相混为一谈，就词性而言，真实作为一个形容词，是对行为逻辑可靠性的判断；真相作为一个名词，是对事物呈现是否符合原貌的一种判断。如果确定真相有唯一性，那么对于真相最有权威的呈现大概只有照相或录像——这也是纪录电影受到人类学研究关注的原因，但纪录电影的叙事同样存在主观介入和选择性表达的问题，可见所谓真相呈现其实是相对而言。这是其一。其二，在历史进程中，诸多的细节和流程，由于发生的突然性，往往是不可能也无法照相或录像的。照相式的真相难以获取，本身也存疑。既然如此，"以求真为宗旨"的这个非虚构写作，所求之"真"是什么"真"？在我看来，由文字符码建构的非虚构写作，这个"真"还是更多地指向逻辑真实和方向真实的"真"，而不是本本和教条的真。

人类为什么写作？文艺为什么存在？写作的快乐，在于揭秘、解密，在于交流、分享，在于辨析、确认，由此形成人类的集体记忆。所有关于游戏和娱乐的说法，是写作这种形式的第一之后的功能，它的第一功能是记忆。结绳记事是人类的一种记忆方式，写作或画画同样是人类发明出来的更加复杂的记忆方式，以对抗无时不在的遗忘。从文艺的这个发生动机出发，人类最初的写作，毫无疑问是由记忆漫漶而来的非自觉的"非虚构"写作。"非虚构"写作，保存了人类记忆，使人类通过写作获得历史存在的确认。事实上，书写的基本轨迹也如此：以虚构为特征的小说是晚近才出现的角色，人类之前漫长的书写史，严格说来，"非虚构"是主角。以中国为例。先秦诸子百家以降的各种笔记散文，包括《左传》《史记》《资治通鉴》等，理论上都属于"非虚构"文本。也正因此，我们许多中国人是把《史记》当作历史文本来阅读的，对错不论，这个现象反证了非虚构文本的存在价值。欧洲书写历史也基本如此。《伯罗奔尼撒战争史》《罗马史》等等，这些记录欧洲早期文明的非虚构文本，人们看得津津有味，并借此建构对于欧洲历史的认知。

今天，富有文体自觉的非虚构写作，在祭出"非虚构"

大旗之时，实际上是从真实性这个维度出发，把写作摆在了真理之路上。真正的问题是，真理是整体，人类对于真理的探索注定是无限接近而永不能抵达的，非虚构写作这样的探索有没有意义？按照海德格尔的理解，哲学研究应把注意力更多地放在探索之途而不是探索的内容上。美学是哲学的近亲，作为美学的文学写作继承了哲学的这种暧昧性，在繁茂幽深的密林里，面对蜿蜒出没的条条小路，试图辨析可能的情感变动方向，这是它的求真之旨。即便关于真实的判断各有所表，也恰恰是各有所表，写作获得了丰富的可探索自由，读者也通过文本互鉴获取常识。因此，文学探索与科学探索，本质的区别在于，后者要给出确定性答案，前者则更在意探索真实和真相的"过程性"描述。

关于主观介入

文学 + 客观存在（专题）。这两点，恰是非虚构写作的两个要素。怎么理解这两者的关系？

"文学"是文本存在的美学形式，不难理解。"客观存在"

成为一个要素，前面说过，它符合人类对于真实和记忆的探索需求。这里的问题是，"客观存在"作为一个笼统的概念，无论是大的历史事件，还是细微的生活枝末，对应到具体的对象，其实都是琐碎、凌乱、纷杂，是无数的线头和层层叠叠的暧昧、模糊、不确定，是"一地鸡毛"，"一地鸡毛"怎么成为文学文本？重点是写作者的主观介入方式。无论是非虚构写作，还是虚构写作，对于人类的精神和心灵的探索，是写作发生的本义。写作者的主观介入毋庸置疑，关键是怎么介入。

虚构写作的对象是开放的和不确定的，主体介入的主要方式是想象和结构。非虚构写作的对象是相对客观的，主体介入的主要目的是还原和表达，主要方式是通过样本调查选择认识和判断现实与历史真相的路径，在文本构建过程上，非虚构写作的一个基本共性是"写客观世界发生过的事和人"。这个"写实"，一定是有一个具体的关注对象，通常表现为一个事件或一个人、一群人。通过调查和研究，剖析事件发生的过程和动机，解释命运变迁的偶然和必然，可以是顺时针叙事，也可以倒叙。非虚构文本最终能够还原、再现和记录到什么程度，最终取决于创作主体介入的侧面是什么，选择调查的样本是哪些。

非虚构写作无论选择从哪个侧面介入，对于人性和人情的探研始终是笔墨的重点。理由很简单，事件或事实的发生主体是人，日常化生活中人是细节实施的主体就不用说了，重大事件或一些事故中，尽管有时表现为制度、机构、技术、经验、成果等"物象"，但是人的具体行为和人的情感走向，最终生发并决定了事物发展的方向。写作是对人性和人情奥秘进行剥丝抽茧的还原，这个还原的过程也是从一个侧面还原事件或事实。

但是，同样写人，非虚构写作与虚构写作的叙事依据不一样。虚构写作在虚构的名义下叙事视角可以全知，也可以有限，可以从任意的角度对人物进行想象和虚构，叙事的开放性，产生了丰富的叙事期待，叙事者在命运的构建过程中只要"自圆其说"即合乎"可然律"逻辑就可以。非虚构写作中，尽管叙事者可能把它放到最后说，读者必须看完全部文字才知道，人和事件的结局其实是"已然如此"，对于叙事者来说，要做的事是怎么由这个"已然"结局回溯发生的过程、动机，叙事者是侦探，要破解这些指向结局的来路，叙事的逻辑依据是他或她听到的、看到的和猜到的"事实"。这个"事实"，当然有赖于创作主体的发现——主体的发现是写作产生冲动的依据，并通过各种调查补充和完善这种发现。叙事的基本目的是"还原"事实和"了解"事实。在非虚构写作中，创作主体不仅是一台有选择的摄像机，还是一台有意图的编辑机，摄像头摇到哪儿，什么角度，采用逆光照还是平视，完全取决于掌握机器的这个人，成品效果最终也取决于这个人的选择和意图。所以，在坚硬的"事实"面前，非虚构写作的主体介入性，其实相当明显，作用很强大，他或她是一个意志力强大的法官，他或她不断地发现新角度、新证据，他或她还能够做出方向性的判断。当然，由于叙事依据不一样，同样的叙事方法，产生的美学效果也不一样。叙事中常常使用"逆转"或"逆袭"，在虚构小说里会产生"浪漫"或"传奇"效果，在非虚构作品中则会相应地产生强大的现实命运感。

又有一个问题出现了。既然文学写作的目的是对人情和人性的真实奥秘进行探索，小说等以想象和虚构为创作手段的写作，依据的叙事伦理是什么？想象和虚构的依据依然是生命和生存的经验。非虚构写作试图对人类的经验原貌进行确认和记录，小说、戏剧等借助想象和重构，探索人类在边缘状态等极致状态下的能力和表现。对于小说和戏剧，美学评价的标准依然是"真切""动人"。真切，是美的标准，而不是道德标准，实现了真切，形成了经验的共鸣，才会动人。这是文艺作品鉴赏和接受的一个基本路径。

新闻和文学黏合，是"双赢"。对于文学来说，文学与新闻黏合，表现出对现实和历史"客观存在"的关切，不是技术性的变化，而是写作诉求和写作立场的变化。

首先，这是"向外转"写作的一种回归。从二十世纪八十年代后期以来，当代文学呈现出一种"先锋写作"和"向内转"的写作风潮。先锋写作对于写作观念、技巧的探索本身无可厚非，但许多先锋写作建立在文本形式探索的基础上，当形式不再出新时，文本的思想力又不足够强劲，写作就陷入难以为继的状态，大批先锋作家也因此销声匿迹。"向内转"是先锋写作衰微之后的一种写作潮流，对于本我和自我的探讨本无可厚非，但这种"向内转"成为逃避关注客观现实的借口，被"80后"和"90后"无节制使用。以网络文学写作为例，穿越、玄幻成为主要模式，人物活动的历史和现实环境虚化，人物的性格和情态也完全模式化，文学写作成为真正的瞎话和白日梦。从写作对人性和人情的奥秘进行探索这个角度，网络文学的大量写作毫无贡献，写作成为文字的复制粘贴，制造的是重复的肥皂泡，这种写作遮蔽了丰富的现实存在，篡改了人们关于文学与现实、历史关系的理解。一方面是每天在大量地制造毫无现实感的网络文字，一方面是现实和历史在以丰沛磅礴的速度制造素材。专以现实和历史为写作对象的非虚构因此"揭竿而起"，文学写作以另一种形式回到了现实和历史的现场。

非虚构写作的勃发有深刻的现实背景。二十一世纪以来，非虚构写作同时在新闻和文学两个领域被主张并付诸实践不是偶然，是拜变化巨大的社会转型现实所赐。从二十世纪九十年代以来，中国社会进入了巨大的社会转型期，一是政治、经济和文化秩序重构，生活变动和生命迁徙活动进入激烈时期，二是全球化和信息化的复杂背景，给认知和实践增添了复杂系数。现实人生的丰富性和复杂性远远超出人类既有经验和对未来的想象力，加上信息总量和信息传播速度集束式增长、海啸式堆砌，导致人类原发的想象力和创造力钝化。现实比虚构更有戏剧性，所谓戏剧性，即跌宕起伏、不按逻辑出牌。对于文学写作来说，戏剧性即极致性。戏剧性和极致性，都是相对于人类认知能力而言。当历史和现实在人类的经验面前，不断表现出戏剧性和极致性时，虚构和想象就会自惭形秽，再现和记录生活的愿望就会增强。于是，我们看到了非虚构写作开始发力。

无论从世界历史，还是从中国历史看，中国社会都处于重大转型时期。转型中产生的丰富的社会关系和命运变迁，包括现实和历史的戏剧性变化，都是文学写作的素材。许多作家感叹虚构赶不上现实，在这种背景下，文学写作对于现实和历史的态度成为首要问题，文学写作对于现实的发言能力倒成为其次问题。也是在这种背景下，非虚构写作作为一种文学文体进入公众视野，它的标志是2010年人民文学杂志社设立"非虚构作品奖"，并启动"非虚构写作计划"。在"非虚构写作计划"的推动下，一些作家和作品崭露头角，如梁鸿和《中国在梁庄》《出梁庄记》，李娟和《羊道》《冬牧场》

等等。经过几年的准备，一些在小说和诗歌写作领域有建树的作家也写出了有影响力的非虚构作品，比如，阿来的《瞻对：终于融化的铁疙瘩》、于坚的《印度记》、王树增的《抗日战争》三部曲、贾平凹的《定西笔记》、杨显惠的《定西孤儿院纪事》。李敬泽在《十月》《当代》上发表的《精致的肺》《护国之肝》以及雷达在《作家》杂志上发表的《费家营》等，也是非虚构写作的一种实验。旅华美裔作家何伟和他的华裔太太创作的中国三部曲《江城》《寻路中国》《甲骨文》，对于非虚构写作这种形式的贡献也值得研究。此外，以传统的报告文学、随笔、特稿等形式出现的一些非虚构写作也应该被关注，它们立足现实，较自觉地用文字记录社会历史。

解决了对于现实的态度，还要对非虚构文体边界做出判断。第一个大边界当然是"叙事"，抒情文章不在此列。在叙事大类里，非虚构写作与我们习见的新闻文体的区别在哪儿？以2015年6月10日《时尚先生》杂志刊发的特稿《大兴安岭杀人事件》为例，谈点我的看法。

正如《大兴安岭杀人事件》这篇文章刊发时按编者所说，作者也即记者原本是要写篇通讯或特写，报道大兴安岭林区实施天然林禁伐令这则新闻。但是这个叫魏玲的记者是个好作家，采访中她发现了一些独特的东西，她没有偷懒，没有让这些发现随随便便地滑过去，而是选择了一种可以充分表达的文体：非虚构写作。虽然文章署上"特稿"栏头，虽然这篇文章以新闻为由头，但是写作的目的显然不是在交代林区实施天然林禁伐令这一新闻，也不是只写一则林区偶然发生的杀人案。如果是前者，这篇文章的笔墨重点应该是为什么要实施天然林禁伐令，禁伐令的内容是什么，各种人对于禁伐令的反应。如果是后者，文章应该重点描写杀人动机、杀人过程以及追捕行动、司法反应。这篇文章是怎么写的？这篇文章的好，不在于"杀人"，杀人过程一带而过，杀人犯和杀人这件事不是笔墨重点，"这篇报道致力于呈现戏剧张力与孤独色彩的大兴安岭深处生活，以免它湮没无闻"。重点是"闲笔"和"闲人"，写一个鄂温克族老人的孤独，写一个饭馆食客的攀谈，写一个叫贾二的林场工人的暴脾气，写环境、经济和历史。这些笔墨与中心事件有点远，但它是林区的生存，是当下一个角落的生存。作品打动人的，恰是这些无辜、坚韧、偶然的存在。如果一定要对文学和新闻的文本做个区分，是不是可以这么说：给出明晰"答案"是新闻写作的目的，写出丰富、微妙甚至暧昧的命运是文学写作的目的。比如一起杀人案突然发生了，虽然与"答案"的关系不是必然和紧密的，但它恰恰用一个偶然性事件，折射了一个人或一群人的命运，摆脱固化的思路，打开同情和启迪的场所。在诸多现实素材面前，非虚构写作者用文字组织出人类世界生命演变的链条，写出时间和空间的质感。文学是人学，各种以历史资料、以新闻事件为由头的写作，最终是要还原人的真实生活进程。

贴近现实，同生活高度结合，追求写作的温度、丰富度以及新鲜度，显示出现实主义写作的狠劲，是非虚构写作的特点。但非虚构写作在题材范围内显然大于"新闻"，不仅对现实有狠劲，对于"过去的新闻"即历史的探索，非虚构写作同样兴致勃勃，阿来的《瞻对：终于融化的铁疙瘩》、王树增的《抗日战争》三部曲、李辉的《封面中国》等都属于这一类，即通常所言"回到历史现场"。历史也是现实，对于历史的发言，是对现实的另一种方式的表达。

非虚构写作是一个由多元素材来源、多种样式构成的写作形式。在这个形式内部，有自己的纪律和自己的理念，这就是对于"真实"的标举。如苏珊·桑塔格所说，作家的首要职责不是发表意见，而是讲出真相，作家要让我们看懂世界本来的样子，充满各种不同的要求、区域和经验。现实和历史充满了莫衷一是的细节和不同层次的声音，以现实和历史为素材的非虚构写作，看起来是写作边界的打开和漫溢，其实还是在文学也即人学的手掌里。对于中国当代文学，非虚构写作的勃兴也可以看作是现实主义写作态度的回归。

从扎耳洞开谈

　　写下这几个字，第一个想到的人居然是张中行。被称为"燕园三老"之一的张中行是女作家杨沫的"前夫"，在杨沫的成名作《青春之歌》里扮演了不太光彩的地主家落后公子的原型：胆小、自私、少情趣。现实版的张中行呢？大约在二十世纪九十年代，有人写文章为其翻案，说这位北大毕业的先生文雅、忠厚、有才学，一介不折不扣的旧式君子也。有情还是无情，一个人在另一个人的眼里差异如此巨大。杨沫笔下了无好处的张中行，写过一系列关于妇女的文章并辑集出版，书名即《关于妇女》。这本书曾是我的书架的座上宾。薄薄的小册子，在妇女的德容、才具、见闻中谈妇女的政治，风雅、风趣，是二十世纪前叶文人随笔的风味，识见饶是丰厚。

可惜,男女之情非识见丰厚者就可拥有,善于纸上谈兵的先生,临到末了,也未能让那个倔强的女子瞧上一眼。当然,《青春之歌》几乎也成了杨沫作为作家的绝响。

杨沫和张中行的关系,让我想到了另一个同时代的女作家萧红。萧红在她著名的自传散文集《商市街》里,写自己从呼兰逃婚后又折回"被逃婚"的未婚夫身边,两人在哈尔滨的小旅馆同居,怀孕后遭遗弃,险被旅馆老板卖到妓院,是萧军的原型三郎侠客般出现,将其从"水深火热"中解救出来,这才有了后来的"二萧"故事。这一位"被逃婚"的未婚夫叫汪恩甲,在女作家的文字里影影绰绰,恶习、绝情、无良,等等,这是我们从极为感性的文字获知的形象。萧红生过一个孩子,孩子的父亲也是这位前未婚夫。孩子后来送人了。可不可以说,没有逃婚和遗弃,就没有现代文学史上的萧红和《生死场》?这位汪恩甲在萧红的现实人生和文学人生里,应该都不是一个可有可无的人名。

逃婚、失爱、孤独、病症,等等。丁玲、石评梅、黄卢隐、苏青,还可以列出一长串名字,现代文学史上这些女作家的早期作品几乎都共有这些元素,另一个共性,是她们的早期写作基本都带自传色彩。又岂止中国现代文学，小说最早出现在欧洲中产阶级太太的客厅，小说写作首先被妇女热爱，成为消遣、宣泄、移情的工具，小说从发生开始就承载着对女性主体人生的修补作用。所以，从古希腊女诗人萨福开始，到简·奥斯汀，到弗吉利亚·沃尔夫，以至凌叔华和陈西滢的客厅、林徽因和梁思成的客厅、冰心和吴文藻的客厅，写作在女性生活中扮演着抒情和自白的角色，是爱和示爱，是补充不足人生的营养品。当然，写作的可持续性和成就感的完成，有赖于两个基本元素：人和空间。人，包括女作家和她的粉丝、支持者、同道者；空间，以客厅为名的各种容纳信息、交换话语的平台。人和空间兼备，写作和传播的内循环就基本完成了。

从传播的角度，我想，按照逻辑常理，女作家应该比男作家容易出人头地才是。毕竟，人类社会发展史上，男权是主旋律，已在政治生活中掌握话语权的男性，出于对女性的谦让、同情和爱好，愿意为女性的艺术创作击节买单者很多。但是，且住，正是出于男性对女性的爱好，女作家被赏析的标准往往不纯粹，往往是"才"之外的"情""德""容"大于"才"，所以中国古人写知识女性，必以"才貌双全"为标准，蔡文姬、李清照无不如是，退一步如果才貌不能两全，那就宁愿貌大于才，比如薛涛、卫夫人这一类型，我实在没看出她们有多少才华，之所以成为其当时才女，想来想去，可能是美貌在前。既有美貌，又有一些才华，可不就成了天下男人的神仙眷侣吗？

男性写作可就没有这么多优势了。"男才女貌"，男要有才，才有出息。于是，众多的男作家，从托尔斯泰到海明威、马尔克斯，必须为政治、历史背书。从整个文学史来看，主题或题材决定写作价值是客观必然。为历史背书的人，成了历史的书写者，也成了文学历史的大人物。对才的轻慢，降低女性对写作本体的追求，不能不怀疑这是一个男性集体阴谋。男女写作的事实成果可以证明这一点。书写嘈嘈切切人生的女作家们往往只能忝列二路、三路角色。但是，我们都知道，没有女性写作，这部文学史就不是文学，而且我们也乐意看到女作家生动、感性、真切的文字。故此，我也特别能理解，为什么夏志清写《中国现代文学史》时把萧红和张爱玲重新打捞出来，那么多学者给予喝彩。前两年，看到一辈子生活在小镇上的爱丽丝·多辛获得诺贝尔文学奖，不知为什么，比莫言获奖更让我高兴——莫言不会生气吧。文学本身是多汁的蜜桃，女性写作供应的是那股蜜甜的滋味。

第二个想到的人当然是我的同乡胡适胡博士。胡适家里有个小脚女人叫江冬秀，特别厉害，大字不识一个，不仅打败了胡博士的青春女伴，而且打败了胡博士的红颜知己。胡适本人是新文化运动的旗手，儒雅、英俊、洋派，传说中的男神不过如此，当其时许多女子为其倾倒。那位在中华人民共和国成立后做了农科院教授的曹女士为胡公子终身不嫁，死后还将遗骸埋在公子回家必经的路上。这样的痴情，于今尚有否？胡适是怎么想的，几乎没有什么文字记载。设想，如果胡适的性别换作一女性，有这么跌宕的经历，应该会写出很多爱而不能的缠绵文字吧。胡适只有《两只蝴蝶》，是不是爱情诗，还没有定论。所以，胡适终是理性占上风的理论家，而不是创作型的诗人、小说家。

以上说的这些跟扎耳洞有什么关系？好了，到此应该写点正题了。

扎耳洞，很长时间以来都是女子专属，看各国各种考古实物，身为男性戴耳环者我还真没发现。"腰若流纨素，耳著明月珰"，可见，无论怎样好强的女子——那些认为自己天生是男性的女子另当别论，说来说去，对于性别自身的审美是本能，也是本事。有审美的本能，且延展至男性等等其他层面，且有本事把它们进行审美化的表达，就成为女性写作了。

至于为什么要扎耳洞，今天的人可能只为"审美"，但起初应非如此，即如音乐舞蹈的最初发生，精神上的祈福要大于审美一样。在许多部落，耳环成为灵魂和精神的符号。不太清楚为什么是耳环而不是臂环或其他，但想来，一是耳朵上的细小神经少，少风险、少痛苦；二是耳朵与听力有关，先聪后明，灵魂和精神从听起步。因此，寺庙里的佛像，耳朵都大于常人。寻常老百姓评论人有无福相，一个重要的标准是耳朵的大小厚薄。耳朵和耳洞之被重视由此可见。传统的中国女性从小要扎耳环，我们言必称"西"的西方职业妇女，正式场合的装束之一是穿裙装戴耳环。不仅如此，夜店里的朋克耳朵上已经扎出了五六个洞，当然一只耳朵上扎洞也是新时尚，当然男子扎耳洞早已不是新鲜事了。中国今天的妇女，从朴素而不事任何修饰，到性别自身美感觉醒，我认为是巨大进步。大道法乎自然，男女自来有别，男有男相，女有女相，至于女性写作，也如此。女性写作的初心，身为女子者没有忘记吧？

画像石、西王母与审美变迁

　　在中国老百姓旧式日常生活中，比较有"群众基础"的女神，要数王母娘娘了。王母娘娘是昵称，见诸早期文字中比较公认的称谓则是西王母——大约因为这位女神最初居住的昆仑山位置在西而得名。与夸父、女娲等地位类似，西王母是中国神话传说体系中的元神之一，一些古老的文字著作如《楚辞》《山海经》关于西王母的记载已经比较清晰。比如，在《山海经》的"西山经"里，"其状如人，豹尾、虎齿而善啸，蓬发戴胜，司天之历及五残"，西王母半人半兽的外貌、妆扮、神态及职业均有关涉。《山海经》这一记载，成为后世关于西王母形象认知的一个基本、有据的来源。大家都熟悉的明代小说《西游记》描写王母娘娘，就是"戴华胜，配虎章，左伺仙女，右伺羽童"，华胜、虎章成为王母娘娘也即西王母的出行标配。

近年来关于西王母的研究著述非常丰富，甚至形成了西王母学派，产生了许多有意思的成果，比如，从昆仑山的起源说探讨华夏文明早期人类的活动，西王母从母系氏族部落领袖到神话人物的可能性，山东、河南与陕西、甘肃东西两个文化区域西王母形象的异同，等等，这些研究的基本依据是口头传说、文字记载和图像资料。根据已知的图像资料，西王母的形象包括外形和世俗价值定位，与早期相比，有很大的变化。一个明显的例证，《山海经》中"豹尾、虎齿"这一"非人"特征，到了西安碑林收藏的陕北汉画像石，是"淑静""柔美""华贵"的少妇，呈现出女神的人化趋势。可见，不同历史时期，社会文化具有不同的臧否倾向，也赋予艺术创作不同的表现形式和美学取向。囿于神话原型人物在传播中发生变形，取一个时间截面，对一个富有内涵的空间形象进行剖析，探研具体的历史的变迁，成为民族学和民俗学研究的一种可行性方法。

先说说汉画像石上的西王母的位置和功用。

对于中国历史研究，文字之外，图像是证经补史的第一手依据。目前已经发现和掌握的图像信息，主要来自墓葬发掘。这真要感谢中国从战国后期开始蔓延的厚葬文化，知死然后知生，墓葬发掘获悉的信息客观上成为可考的历史实证。厚葬文化起源于战国，盛行于汉，所以每一座汉墓的发掘都会获得意想不到的收获，比如最近大家关注的南昌海昏侯墓的考古发掘。尽管海昏侯已是废帝，其墓葬规制降格很多，但由于海昏侯自身对于"身后事"准备充足，这座墓葬依然传递了丰富且非同寻常的历史信息——包括政治和文化。

话说回来，汉代实行岁举孝廉制度，盛行厚葬文化，与"尊儒"有关。儒家的老祖宗孔子提出"事死如生，事亡如存，仁智备矣"，礼纪纲常和孝道观在儒家思想中占据重要地位，把丧葬文化作为"礼"的重要内容。汉代盛行厚葬文化的另一个动机是，随着儒释道三教的兴起，汉人的"宇宙感"产生变化，他们相信在现世之外并存着"来世"和"未来"，在此观念主导下，人们祈求长生不老、生死相连，死后可以进入极乐世界，厚葬表达和寄托了这种祈求和愿望。当时的经济背景是，秦统一六国后实行统一的度量衡和钱币制度，经过汉的推广运用，经济有了一定的发展规模，加上战争减少，人们开始安居乐业，生产和生活资料积累丰富起来，开始追求生命的"质量"。厚葬需要物质支持，无疑，厚葬习俗主要受到生活条件相对富裕的人群的追捧，逻辑上这部分人群对于现世优渥生活能够生死持续的愿望也最迫切。

墓葬是死者肉身的安放处所，也是建筑、绘画、雕塑和工艺品的集合体。在出土的各种陪葬器物中，比较而言，画像石被理解为人类在生死这个哲学命题下，以物质的材料、造型的手法、视觉的语言，所营造的具有终极价值的艺术品，历史信息传播直观可信。因为汉有厚葬风俗，汉的画像石出土量最大，主要分布在陕北、山东、河南和四川四地。在汉画像石这一视觉艺术符号中，以西王母为代表的宗教题材数量多、地位高。数量多，好理解，比如巴蜀出土的一千余种汉画像拓片中宗教内容占两百多种，约为总数的五分之一，比如1995年出版的《陕北汉画像石》记载了六十二幅西王母图像，意味着陕北一百二十多个汉墓每发掘两个墓就有一幅西王母汉画像石。以西王母为主的宗教题材在汉画像石中占比这么高，与厚葬盛行的心理动因有关——祈求升天成仙。

　　　　　　　　　　　格桑花姿姿势势

而西王母作为主管人寿和仙界的女神，对亡灵能否成仙具有决定权，这一关必须打通，西王母成为主要祭拜对象。因此，刻绘有西王母的汉画像石，有个专业名称，叫西王母神坛图，墓门左右的竖石是它的固定位置。据《逝者的面具——汉唐墓葬艺术研究》一书记载，现在出土的汉墓用料多为砂岩石材，少部分砖石混合，短短的墓道尽头就是墓门，墓门上置横额石，左右立竖石，左右门扉各有门轴一堆，套于门卯内，可自由开门。画像一般刻绘在墓门的左右门扉、横额石、左右竖石以及后室门横额石、左右竖石上，也有在墓室四壁镶嵌画像石的。山东临沂市兰山区傅屯出土的汉代有画像的碑形立石，专家疑是墓地神道两侧的立石。该碑的一面刻有凤鸟和西王母像，另一面刻有各种瑞兽，其侧面的浮雕人物面目可辨者均为胡人形象。这些胡人，也被认为属于以西王母为中心的神仙系统。这些胡人与各种祥瑞、神祇组合而成的群像，无论是装饰在墓室中还是装饰在墓地中，墓门左右的竖石也好，神道两侧的立石也好，镌刻西王母形象，开宗明义，都反映了人们升仙的愿望。这些画像石和这块碑形立石，是整个墓葬中最重要的构件之一——至少在死者和其亲属心目中。

由主管瘟疫和刑罚的半人半兽晋升为掌管人寿和仙界的女神，这一职业身份的转变，也是西王母社会形象变化的反映。为什么会有这样的变化？刻绘在西安碑林这些汉画像石上的西王母，给后世传递了什么样的信息？

《楚辞》《山海经》之外，成书于战国的《穆天子传》也有"天子宾于西王母"的文字，描述西周第五代国王周穆王驾八骏之车巡狩昆仑山时与西王母瑶池宴饮的胜景。面对捧着白圭、玄璧、锦缎慕名前来的人间天子，西王母"白玉在天，山岭自处。道里悠远，山川间之。将子毋死，尚能复来"。不仅能歌善舞，而且能够预卜生死，西王母这一才能到了东汉发挥到极致。风起于青萍之末，西王母形象发生质变，与西汉民间爆发的一场几乎席卷全国的西王母崇拜运动密切相关。据《汉书》的《五行志》《哀帝纪》等篇章记载，汉哀帝建平四年春，西王母开始代替阎王行使职责，"（西王）母告百姓，配此书者不死，不信我言，视门枢下，当有白发"。随着这场崇拜运动的影响发酵，正如《太平御览·礼仪部》引《汉旧仪》所言："祭西王母于石室皆有所，二千石、令、

格桑花姿姿势势

长奉祀。"

东汉末年，道教兴起，西王母这个或传为西部氏族部落的女首领，被纳入道教的神话体系，成为统领三界所有女神仙的祖师，全称为"白玉龟台九灵太真金母元君"或"白玉龟台九凤太真西王母"或"太灵九光龟台金母元君"。西王母的宗教地位自此固化，并蔓延到民间舆论场。明代吴承恩在《西游记》中关于花果山美猴王随玄奘西土取经的前传中，写猴王因为在王母娘娘的蟠桃会上犯错而被玉帝逐出天庭，后听从如来佛劝导，拜唐僧为师，遂有了西天取经的后传。吴承恩是否确为《西游记》的作者，学界也有不同说法，但《西游记》成书于明代应无异议。由《西游记》的这些描述，我们可以想象并确认的是，至少在明代，王母娘娘和玉皇大帝这对男女神对于三界的权威，已经广为存在。明代之后，在各种民间戏曲中王母娘娘基本以上界"权威"的面目示人。黄梅戏中的《天仙配》和《牛郎织女》都表达了一个母题：仙女思凡，私自与凡人结合，最后被王母娘娘发现并差天兵捉回天庭。王母娘娘在此不仅是"能"而有权威，且"专横""残酷"，像家族中的族长，这是形象内涵的另一种变迁，按下不表。

话说回来，陕北汉画像石自 1952 年在绥德县城西山寺下保育小学建筑工地上发现陕北第一座汉墓并出土了 26 块画像石至今，从有纪年的汉画像石墓看，最早的是东汉和帝永元二年，最晚的是顺帝永和四年，时间跨度不超过 50 年。为什么只有短短的 50 年？整个西汉时期，秦末汉初称雄于中原的强大匈奴政权，成为国土安全的最大威胁，匈奴屡屡进犯，边疆大小战争接二连三，于是才出现了和亲、出使等外交手段和事件。而广袤荒凉的陕北其时是乃边关重地，是动荡疆域，汉胡并存，战火不断。直到整个东汉最有作为的皇帝刘肇出现，整个陕北地区才有近半个世纪的安宁。刘肇于永元元年派窦宪出兵大破匈奴之后，又相继出兵攻打周边其他少数民族，用强大的武力征服四夷，边境威胁减少，边疆地区的经济开始发展起来。以陕北边关为例，朝廷派来的文武官员增多，商贾开始云集，经济昌隆后，画像石墓葬有条件并迅速兴起。

汉画像石被学术界称为"无字"汉书，是有道理的。同为汉画像石，不同的文化地理背景，图像纹样、题材内容有

　　　　　　　　　　格桑花姿姿势势

不同的表现。仔细研究陕北汉画像石会发现，汉代工匠们把汉代陕北人对生存的希冀、感悟、认识，对于死后世界的种种假设，都融入了刀剑笔锋。粗犷厚重的边塞风格，轻盈柔美的灵动之感，是人们对于陕北汉画像石的公认。陕北汉画像石由青砂石雕刻而成，青砂石质地较粗，所以工匠在刻绘时就少了些精雕细刻，特别是人物的五官表情比较模糊写意，更多的是大刀阔斧的轮廓形态，因此，浅雕、平绘较多，着墨讲究对比度。这是陕北汉画像石的刻绘风格。在构图和素材选择上，陕北汉画像石体现了汉代对于天国的美好想象，多描绘神仙世界里的美好事物——神灵、异兽、祥瑞、流云。如绥德延家岔出土墓门画像石刻绘《西王母长生图》，采用平面绘画与雕刻为一体的特殊艺术手法，画像石描绘了"头戴华胜的西王母，捣制长生不老药的玉兔，为西王母寻觅食物的三足鸟，看守门户的九尾仙狐，鸡首神人手执灵芝仙草，跪地把草问药，艺术线条粗细曲直变化灵活，不乏纤柔之姿和刚劲之态"。美是人类在生活实践中自由创造的结果，美的本质与人的本质、生活的本质密切相关。比如东汉有采女制度，审美有明确表达，"长壮妖洁""姿色端丽"是选择标准。

这个标准，我们也可以用今天一些汉墓出土的女佣包括壁画、汉画像石上的女子形象补证，脸庞——前额开阔、面颊丰盈，意态——温婉淑静，体态——轻柔纤丽，这几个词应该可以概括了。比如《西王母长生图》，西王母与同居一石的瑞兽相比，面目表情虽模糊不详，但"淑静""端庄"甚至"柔美"的轮廓、神态及漫漶的气场非常鲜明。与前后文字或图像呈现相比，这个时期的西王母具有比较典型的"此在"性，即符合历史的具体审美要求，当然，我们也完全可以看作是工匠们在她的形象里寄托了美好的愿望。

汉画像石是视觉符号艺术，陕北汉画像石在构建西王母这一视觉符号时注入一些风格性元素，比如戴胜，比如三足鸟伺行，等等，这些元素成为辨识西王母的重要依据。以戴胜为例，据《释明·释首饰》，"华胜：华，象草木之华业；胜，言人形容正等，一人著之则胜，蔽发前为饰"。后郭璞注《山海经》时写道，"胜，玉胜也。后以戴胜借指西王母"。在汉代的出土文物中，西王母常头戴这种楔形造型的首饰。由戴胜延伸开来，宋代还出现了一个与西王母有关的词——压胜钱。所谓压胜，即用符咒及一些象征物除邪得吉。人们相信

　　　　　　　　　　　　格桑花姿姿势势

西王母法力无边，但如果直接在压胜钱里面使用西王母的形象，孔方钱打孔时会破坏西王母形象，所以人们变通地使用了最能代表西王母的符号——华胜。民间故事《牛郎织女》里，有个细节暴露了王母娘娘华胜的一个"变迁"：王母娘娘拔下头上的玉簪，划地为河，织女从此与牛郎永隔天河，每年只能"七夕"一会。虽然今天的女性对发簪已经陌生，但作为中国古代女性服饰中一个典型物件，这枚用来固定长发的发簪在使用上其实有贵贱身份的标识。

即便是陕北汉画像石，对于西王母的形象刻绘也还是有差异的，比如有无翅膀、人首还是鸡首之差异。这个时期的西王母的身份虽然已经调整，但半人半兽的"前记忆"若隐若现。榆林市牛家梁古城滩村、米脂党家沟、神木大保当等出土的东汉画像石里，西王母或以鸡首或着翅膀出现，与她双双出场的东王公则以牛首、翅膀示人。为什么会这样？

以人为视点，我们通常把人的客观表现区别成三个境界："神性""人性"和"动物性"。最高级的是神性，是人类有自觉以后给自己悬置的一个目标。为什么会有神性这一目标？先说这个问题。神、人和动物是交互融通的，这是我们从文字记录或图像里获得的信息或印象。无论东西方，在关于早期文明的记录中，一个共性表征是空间互享，神、人和动物的交往基本不存在空间障碍，比如古希腊的奥林匹克山，比如中国的昆仑山。另一个共性特征是神、人和动物志趣相同，比如爱美，比如权力欲望，这一点是神、人和动物交互融通的精神特征，于是在学者的文章里，便有了人性化的希腊神祇、神性化的中国的人。至于神、人与动物，在物态的形体上也有交融特征，神、人、动物不仅经常互化，而且三者有时会共存一体，比如长着翅膀的丘比特就是人和鸟的合体，比如精卫填海的精卫就集合了鸟和人的共性，希腊神话里更是经常性地出现神与动物互化情节。文字和图像无论怎样变形和夸张，都还是主体对于客体世界的一种表达。这种神、人、动物交互融通，表达了一种怎样的客观存在？在这一点上，我认为不妨相信达尔文。从达尔文的物种进化角度，人作为灵长类动物，是由相对低等的动物进化而来，人在物种进化中保留了物质和精神的集体记忆。这些前记忆，既有四肢着地的爬行时期，比如希腊神话中关于羊的记录，也有振翅长空的飞行时期，比如中国文化中的龙行天下。因此，敦煌壁

　　　　　　　　　　　　格桑花姿姿势势

画中有袅袅飞天，西安碑林博物馆的汉画像里出现了端坐在云端、树端、高台上的西王母。

陕北汉画像石西王母形象的人化倾向以及后世的演变，其实都是人的视点。把神人化，反映人的愿望，是人的世界的自觉化。从汉开始，女神形象的构成和表现，意味着"吉祥""美好""有力量"，体现了一种女性崇拜。这几年，"女神"这个词又回到我们的日常生活，概言现实生活中某女性之"可望不可即"。可见，我们今天对于女性的审美，依然是一种"前记忆"标准。既然是"女神级"人物，我想，这些女性大概要符合三个标准，其中，"美"是第一标准——这是美学的维度，"好"是第二标准——这是道德的维度，还有一个标准，是"能"——这有点事功了。美是第一标准，应该不是问题，但美的标准是什么？问题在这里。这是个大问题，这方面中外美学家已有特别丰富的论述，此不赘述。

理论来自实践，最终又为实践所用，因此，不妨反过来，从目前可以见到的关于人类活动的一些图像资料和文字描述，我们再来研究美的标准在不同历史阶段的具体表达和微妙变迁，应该会获得许多启示。

新媒体时代的春节文化

　　每到春节前后，各种大众传媒，如今加上微博、微信这些自媒体，总在探讨年味的浓淡问题。无焦虑便无议论，年味的焦虑，是文化的焦虑，推而深究，其实是文化身份的焦虑。新媒体时代，这种焦虑感尤为突出，也并非杞人忧天、庸人自扰。在新的文明形态和新的历史条件下，围绕春节，在这个占世界人口 1/4 还多的国度延续了几千年的古老而盛大的节日，其文化形态表现出来的变量和恒量，值得探讨和研究。

　　年味是淡了还是浓了？春节作为农耕文明的产物，从仪式设置到内涵表达，具有鲜明突出的农业生产特色。比如放鞭炮，万鞭齐放，炮声隆隆，这个行为在旷野荒原上，的确具有震慑邪道、提振人心、培植希望的效果。但是，今天，

　　　　　　　　　　　　　格桑花姿姿势势

随着人口激增，旷野荒原被林立高楼取代，由放鞭炮而产生的环境污染和人身安全问题显而易见。于是，各地政府用行政的手段实施了相应对策，或者允许在指定时间指定地点有限燃放，或者彻底禁止燃放鞭炮。这些措施导致春节的视听感受弱化了。如果放鞭炮这个符号性行为终止，是不是关于春节的节日联想感受会终止？引发的争议此起彼伏，成为年味淡了的重要论据。此其一。

春节作为节气性节日，也是长期以来中国农业社会开始一年的生产劳动前的最后一个盛大的节日。这种节日里，沉淀了人们对于天地自然的虔敬，对于新的一年的情感需求和愿望寄托。今天，与农业生产并存，甚至在国家经济版图上总量更大、影响力更强的工业或其他行业，有自己独立的生产周期，不会因为"春节"这一以自然节气为特征的节日而停止运行，因此，这些行业的一些生产者春节期间需要坚持工作，不能返乡与亲友共度节日。这在客观上伤害了以群体性团聚为特征的春节节日气氛。此其二。

网络发展导致生产方式改变，个体工作的独立性强了，人们甚至可以在家工作，由农业生产而产生的坚固密切的人际合作减少了，人情表达的环境没有了，人际交往的链条松了，春节时相互拜访的愿望和频率减少了，人情似乎变淡了，成为年味淡了的重要表现。此其三。

与此同时，还可以举出两个重要的证据，来论证"年味浓了"。一是有越来越多的人在春节期间选择返乡过年。根据统计，2012年我国春运发送旅客总量近29亿人次，2013年达到31.58亿人次，2014年春运尚未结束，预计发送旅客人次同比增加近2000万人次。这是多么浩大壮观具有时代特征的行为！越来越多的人加入春运迁徙，客观上是由于包括高铁、动车在内的铁路运力大幅提升，以及政府对于传统节日的明确主张（1999年增加"小长假"，春节法定假日达到7天，是一次重要的调整），而更核心的动机和内驱力，却是亲友团聚、欢度春节这一根深蒂固的文化情结。

二是春节期间使用短信、微信等形式拜年的人次激增。仅以短信为例，近十年来，春节拜年短信的发送量每年都在"激增"。根据中国电信、中国移动、中国联通三大运营商统计，仅2013年除夕当天的发送量就达到了133亿条，意味着人均发送10条短信。通过指尖建构的数字虚拟世界这一繁忙

格桑花姿姿势势

形态，应该只是冰山一角，它折射了春节期间现实世界参与的热闹。

中国社会与整个世界几乎同步进入网络文明时代，甚至更加彻底，处在领先行列。以下这组由新华社发布的数字，便很能说明问题。据统计，2012 年，中国拥有 2.7 亿智能手机用户，位居世界第一，年增速达 50%；2013 年中国智能手机和平板电脑保有量占全球 1/4。在中国社会快步前行的时代，新和旧具有特别强烈的现实感，它在人们的生产方式、生活状态、情感形式、价值取向等领域，都衍生出很多课题。人类历史永恒的话题，比如传统和现代，继承和创新，新媒体时代的春节文化同样要面对。

春节作为我国百姓生活中最重要的节日，在长期的历史发展中，形成了许多形式丰富的较为固定的年俗。民俗是生活文化，不是典籍文化，生活文化的典型特征是随着生活方式和形态的变化而增减形式，产生变异。所以，年俗一方面具有模式化、传承性，另一方面具有变异性、时代性。当新的历史时代到来，新的技术条件成熟，新的生活方式养成，自然就产生了新的年俗。新媒体时代产生的新年俗，首推短信拜年，其次是借助网络、视听媒介的各种春节主题的联欢晚会，以及视听手段丰富的微信、微博、视频拜年。这些新年俗急速兴盛，传播影响力大，正是源于人们对于传统节日的礼敬，源于现代生产方式下的人类社会的交往需求、情感表达。

这些在数字技术条件支撑下创造和形成的新年俗具有三个特性：传播范围广泛、传播速度快、数量庞大、网络化程度高；点对点的人际直接交往弱化，情感表达虚拟化；时间成本和经济成本低，便于实现和实施。这三个表现，其实是新媒体传播的共同特征。通过数字技术构筑的信息快速通道，彻底地打破了时间和空间的局限性，理论上可以将信息在同一时间及时、准确地传播到每个角落，节省了时间和精力，解放了人的腿脚。借助新媒体表达情感，建立人际交往模式，成为一种趋势。

但也正是因为时间成本低，经济成本低，加上缺乏表达个性，年俗里内含的情感也就摊薄了、廉价了。人的腿脚解放的同时，人对情感的接受和表达的能力也在逐渐地退化。新年俗，形式虽然新，但情感内容表达的模式化，降低了新年俗的情感容量和影响力，削弱了记忆的深刻性和虔敬感。

正如苏格拉底所说，人具有极强的模仿性，他人是自己的镜子。在信息一体化时代，个体的人改变了对于整个世界以及他人的认知程度，也在信息的影响和暗示下逐步改变自己的生活方式。在这种背景下，表面看起来观念更加民主，生活更加丰富，文化更加多元，事实是，人们的生活方式在某种程度上更加趋同，更加单一，文化的多元化受到的威胁最明显。就我国目前文化发展来说，有两个倾向值得警惕。一是在传播中，由于各种有意无意有知无知的原因，人们误把文化的现代化等同于文化的全球化，产生这种误会的直接后果是，把民族的独立的传统等同于保守和落后，等同于需要摒弃和改造的文化；另一个则是把西方文化等同于全球文化的标本。

在这种背景下，守护传统节日，守护一个族群在长期的历史发展中创造和形成的生产、生活、情感、审美等形态，不仅仅是记住一份乡愁，也是对中国在世界民族之林中文化存在的审视。而当前最现实而迫切的是文化的现代化问题。

由农耕文明快速发展至今的我国社会，正在经历一次阵痛，即如何实现中国当代文化的现代化转型。毫无疑问，只有文化的现代化才能将一个民族真正地带入现代化的轨道。与科技的现代化、农业的现代化、工业的现代化不同，思想文化的现代化不是彻底更替的过程，而应是有序继承、有机更新的过程。有机更新的前提，是完成对经过历史淘洗、岁月积淀的优秀文化传统的准确继承。在继承文化传统的精神内核和经典本体的基础上，结合当下文明形态的变化和人类观念认识的提升，扬弃其与时代发展背道而驰的成分，丰富、扩充、发展传统文化的当代内涵和时代表达，形成新的传统和精神。

春节文化的现代化，具有不自觉和自觉两个过程。人们借助网络表达节日情感，这种变化起初是偶然的，但明显的使用效果和传播优势，使其迅速被接受、被传播，甚至被固化成一种年俗，之后的使用便是人们自觉选择的结果。在新媒体时代和商业文明高度发达的时代，对于春节文化的传播，提倡用多种形式将春节作为一个节日具体化，可操作、可传承。从这个角度出发，不必排斥各种商业手段和策略，客观上它也有助于扩大传播，使春节具有可以看到的"物质形式"。

关于节日文化，要看到其对于一个民族精神和心理建设的重要意义。圣诞节的广为传播，强大和本质的力量是这一天作为基督或耶稣诞辰日的宗教仪式感。所以，春节文化的现代化，最关键还是要在厘清春节文化的仪式本体、情感内核的基础上，通过各种形式加大对春节的文化价值的传播，强化对春节的文化感知。至于春节的文化价值，研究已经很丰富了，但要用老百姓容易接受的语言讲述这些价值，比如孝慈仁爱、祈福祝愿、和谐和平等，这些传统文化对于一个社会的精神建设具有重要作用。讲清楚这些文化的内涵，这个节日就具有了文化价值感，就会有向心力，被重视，被向往，才不会落伍。

现实主义的实

　　把现实主义等同于写实和白描，是对现实主义的误解。现实主义的"实"，要远大于写实的"实"。现实主义的"实"，至少包含两个"既……又……"：一是既要写出此在的实，又要写出彼在的实——即本质的实，这一点把现实主义与主张零度写作的写实主义区别开来；二是既要通过扎实的细节和饱满的人物塑造出扎实的现实，又要借助创作主体的想象力写出飞翔的现实。

　　真正的作家都是生活家，对生活的态度无论是爱还是恨，都不妨碍他们记录生活的本能和勃勃兴致。记录的前提是发现。作家能够在芸芸众生中发现特殊的生命形态，首先要拥

　　　　　　　　　　　　　　格桑花姿姿势势

有犀利的眼光，其次要有情怀支持，要有善于感知的心灵。作品缺乏现实感，与时代、生活和人民割裂，在我看来，是对一部作品、一个作家最大的批评。近年来内地作家在香港书展的销售量和影响力之所以大幅削弱，一个重要的原因是香港读者并不认为这些当代作家作品反映了中国当代现实。香港是一个洋气的地方，香港读者也算是见识过各种外来文学文本，他们的遴选标准说明，现实经验的发现和提供依然霸居首位。这给我们那些对于写现实经验不屑一顾的当代作家恐怕是一记大耳光。

对于现实的实，有的作家是不屑一顾，有的是无能为力。书写近在咫尺的社会现实，作家除了有自觉和热力，还要有冷静的观察和准确的表达。写好此在的实，一要观察到位，二要描摹准确。有客观存在的生活比照，此在的实确实不好写。生活坦陈在眼前，有的人过目不忘，有的人熟视无睹。写作是泄洪，对生活的观察和掌握在前，对生活不敏感，缺乏观察能力，显然不能成为真正意义上的作家。不了解生活却急于下笔，凭想象、抒情或辞藻功夫进行编造，这样的文学创作终究不能提供丰满扎实的现实信息。文字是诚实的，不光顾此在的实，彼在的实当然更不会降临。

从实的经验出发的写作，才有可能进入飞翔的天空。所以，写好现实的实，对于一个有志于文学写作的人来说，我认为是要过的第一关。写好现实的实，就是学会走路。把"实"换成"经验"，大家就可以理解这句话了。与前辈作家相比，年轻作家的文字修养普遍较好，他们的视野、理论和知识背景甚至也远远超过前辈。其中，许多人非常勤奋，一年能出好几本书。但是，今天作家成大材的速度却远远不及他们的前辈"50后"。中国当代作家中的"50后"，是属于典型的社会大学毕业生，文字功底并不是很扎实，许多人没有受过很好的教育，是靠自学从农田和街道工厂里成长出来的。但他们的确出了经典作品和大师。成败皆萧何，当他们开始脱离现实生活，放弃最初成功的经验，"50后"的劣势也越来越明显。尽管这样，在今后很长一段时间内，当代文学要想超越"50后"已经取得的成就还真不容易。"50后"的成功经验，正是对于现实和历史的深刻了解和认真观察。生活是密电码，普通人眼里的"12345"，被敏感的作家接收后，重新编码，转译成"生活的本质"。

任何与语言有关的学科都是这样，由能指到所指，阅读其实有很多期待。我的阅读获得满足的时候，往往是文本能够提供意想不到的经验，让我在某个方面或某些方面开了眼界。这些方面，可以是具体的人的生存和生活，也可以是关于人性的知识或经验的呈现。而真正好的作品，一定是作家聚拢了一大盆生活原料最后提炼出来的那一小瓶精华。经验的底料越足，提炼的浓度越高，作品才越有信息量，才有可能写出本质，写出彼在，写出飞翔感。彼在的实更难企及，可以考量作家发现的深度。作家用笔削出一个尖头，当作钢锥，扎破表皮，狠狠地扎进生活的血肉，以至于扎出晶莹的血珠，这些血珠最终深深地扎痛了阅读者的眼睛，留下划痕。

不仅"80后"，包括他们的前辈作家，出版数量越来越多，宣传攻势越来越大，可阅读的东西越来越少。其中，有的文本技巧本身很娴熟，故事讲述也很精彩，但只是纯技巧展示，没有具体的时空，没有经验的判断，没有真实可信的人物，读或不读，没有本质性的获得。这就是我们现在写作的问题：缺乏精准写作，缺乏对扎实现实的关注和停留，文本不能一刀切入生活，也就不能切入读者的内心，不能产生痛感和幸福感。

近来大家都在讨论典型人物写作问题，有评论家撰文认为当下文学对于典型人物书写需要加强。我理解，造成典型人物创作不理想局面，不仅仅是作家的文学观有偏差，主要还是今天我们的许多作家丧失了书写可信人物的能力。所谓可信人物，是有性格逻辑和生活基础，不是坐在书桌前空泛的想象和虚构。对于书法美术，可能草书和大写意要比楷书和工笔画更受待见。但对于文学书写，草书和大写意远不及工笔和精雕细刻有价值。特别是塑造人物，准确客观的描摹能力是一锤定音，在写出人物特征的基础上写出社会环境的典型性，考验创作主体的观察能力和书写功力。作品是最后的完成时态，之前，大量的功夫是对生活本身细致深刻的观察，这个观察甚至也包括对堆积在眼前的丰富的生活素材的提炼和抓握。有什么样的心灵，就有什么样的眼睛。有什么样的眼睛，有什么样的取景框，就有什么样的作品。有没有这个时代的特点和信息，能不能感染人，有没有传播力，能否成为典型，是读者说了算。优秀的作家大多擅长写小人物。在我们的日常生活中，小人物举目皆是，可能是我们自己，也可能是我们的邻居，对小人物的熟知程度决定了对小人物书写的衡量尺度相对严苛。书写小人物似乎容易出彩，容易产生共鸣和同理心，但因此也更难写。比如，专业读者可能会嘀咕，像或不像？感不感人？有没有打捞出被遗忘的人物或发现新型人物？像不像，是对人物塑造的基本要求，也是最难达到的要求，它考验观察能力和描摹能力，考验写作的基本功。我们的文学作品里塑造了许许多多小人物，可以说几乎写尽了他们的喜怒哀乐、悲欢离合。比如鲁迅笔下的祥林嫂、孔乙己、狂人，老舍笔下的祥子，曹禺笔下的繁漪，路遥笔下的高加林，王小波笔下的王二，高晓声笔下的陈奂生，等等。这些经典形象，让读者充分看到了人物的性格和命运，留下刀刻痕迹。

可见，现实主义的实是一道试金石，我们千万不要瞧不起它，因为我们可能还真不是它的对手。

读书与读人

　　读书读到我这个年龄，对"非虚构"的兴趣会增强。散文就被归在"非虚构"一流。非虚构写作面临的第一个问题，是真实性问题。与小说相比，散文除了在文体上有自己的法度，尤其强调主体对情感和认知等经验摹写的真实度。在文学性不存疑的前提下，散文把"真"标举在第一位，追求"真情实感"和"真知灼见"。

　　比较而言，真情实感容易有，但不容易写。这个难，难在"准确"。这个难既源于主观愿望，也存在技术问题。人类社会最复杂的东西莫过于情感，面对外部世界，凡感觉稍灵敏者都能获得各种情感体验。从体验到文本，文字作为媒介和表意符号，怎么写出情感的微妙和层次是个技术难题。我们通常说某个作家语感好，言外之意是，他或她能在似是而非的汉字库存中找出最恰切的"那一个"。这种恰切，要既有陌生感，又熨帖无比，让读者每读到这样的文字有口角生津之美。因此，我倾向于把精准地描写经验、表情述意，看作散文写作的一种高级追求。当然，"精准"二字，有"情"有"意"，还不仅仅是技术问题。评价一个优秀的散文家，往往用"真诚"一词。生活中的真诚者，未必就能成为文字中的真诚者，因为各种顾虑，或者纯粹因为写作观念问题，写作者把"我"移走或者架起来，在文字中看不到"我"或看到的是"非我"，是改装后的"我"。愿不愿意真实地写出"我"和那些微妙、确切的经验，是个愿望问题。不过，必须要补充一句，"非我"的文章，未必不是好文章。文如其人是一种境界，超越本我而写出鸿篇巨制在文学史上也不是新鲜事，写作中的客体和主体关系还真是一言难尽。

但是，真诚依旧是美学范畴的最高评价。在此，我愿意把"真诚"二字奉送给作家徐可，在此基础上，再附送一个评价：

格桑花姿姿势势

"语感好。"

徐可的散文，是"有我"和"文雅"。说徐可"有我"，因为徐可的"我"积极主动、情感充沛、取向清晰，可以聊天、可以对话、可以抒怀。又因为徐可本身成熟和真诚，所以情感取向和价值表达有一致性。

以作家出版社新近出版的《三更有梦书当枕》（之二）为例。收在这本集子的文章，都经过了徐可这个情感和认知主体的消化。这本散文集分三辑，写了两种经验——读书的经验和做人的经验。读书和做人原本也是有因果关系的，所以第一辑"秉烛谈"的第一篇文章《多一点书卷气》就谈这个问题。"有多少人仅仅是为了满足心灵上的需求，无所为而为地读书的呢？……究竟有多少人懂得了'读书三味'，不去刻意追求某种功用和名利，从而在不知不觉中熏染上'书卷气'了呢？"读书的"用"和"无用"是辩证关系，有有形之用和无形之用，有长久之用和眼前之用，徐可从"我"出发，谈"无用"之用和"无用"之读，自问自答，推心置腹，推己及人。他善于设置让人放松的语境，从比较具体的对象入手，一点点地渗透观点和态度，让受众不由自主地同情和认可。比如，我虽然不喜欢周作人的"作"，但读完徐可谈周作人的两篇文章，也深表认同，甚至有了新的体谅。徐可不仅"不合时宜"地表达了对周作人的欣赏，也不"为尊者讳"地写出一个人的性格局限导致的命运。

不虚美，不饰恶，是真诚。同时，不说过头话，拿捏分寸，文雅清秀，也是一种好文风。徐可说周作人和董桥的散文对他有影响，可能还得加一个汪曾祺。董桥的文字恬静，文化气息浓厚，那是老一辈的书卷气。正当盛年的徐可从美学上倾向和靠近这一脉，与他的知识自觉有关。但"里下河"的成长背景，包括里下河文学的代表人物汪曾祺的真挚、清淡对徐可文风的形成，是左拉的"自然主义"式原生影响。

"三更有梦书为枕"的下联，是"千里怀人月在峰"，因此这本书的第二辑是"怀人篇"。这一组文章是篇篇精彩。徐可笔下的人物，是独特而具体的。

不能不说到启功。徐可对这位大书法家执弟子礼，书名"三更有梦书当枕"便是启功为徐可所题。徐可尊重师长，"怀人篇"里六篇文章与启功有关，广为流传的是《站在启功先生墓前》一文，但其他几篇文章也好。好在于，从徐可这个独特的主体的眼里和心里，不仅看到和感受到一个生动的丰富的人格高尚的启功，也从文字中看到了一个谦恭、勤奋、敏感的徐可。

小说通常是对生活经验进行虚构，读小说或研究小说者要从虚构的文本找出线头并解开圈套，如孟子所言："诵其诗，读其书，不知其人，可乎？"难！不认识作者，从文本进入，起点可能客观，落点倒未必就能准确。于是，发明了一个词"知人论世"，意思是评论者可结合写作者的背景经验去辨析和发掘文本中隐藏的信息。但这个办法对小说管一定的用，对散文这种文体却不大灵。其实也不是不灵，是没有必要。作者已经把自己袒露在文字里，还用我们指手画脚吗？

第 三 辑

文学与人文

文 学 与 人 文

文学与人文

今天我讲的话题，其实也是这些年一直在思考的问题，这就是"文学与人文"。

兰州文理学院创办时间虽然不长，但是办学理念我特别欣赏。我们提倡"学以致用、服务社会"，提出了人才培养的四个要素，摆在第一位的就是人文情怀，接着是科技素养，第三位是国际视野，第四位是社会责任感。这四个要素里，人文情怀放在第一位，具有科技素养和国际视野未必就是对社会有用的人才，要成为高级人才，最关键的要素还是人文情怀和社会责任感。

为什么这么讲？有许多事例可以佐证。比如第二次世界大战的发动者阿道夫·希特勒。

希特勒曾经两次报考维也纳艺术学院，但都没有考上，后来才去了慕尼黑，并开始投身政治。少年时代想当画家的希特勒，最终成为纳粹元首。他曾搞了一个项目，叫作"第三帝国的米格博物馆"。介绍这个博物馆藏品的同名书籍前几年我国也引进出版了。希特勒从一个有着艺术理想的文艺男青年变成发动各种屠杀事件的战争制造者，我们可以说出很多原因。至少，我们可以这么推论：从一个有能力的人到一个对社会和历史有积极影响的人，之间还有很多要素，比如社会责任感，他不仅要为个体负责任、为家庭负责任，不仅要为小团体负责任，更重要的是为社会和历史负责任。我们很多时候对责任的理解比较狭隘，比如我可以为党派负责任，为单位负责任，但忘了为身边的公众的权益负责任。社会责任感是人文情怀的体现。人文情怀也好，人文关怀也好，人文追求也好，大家对人文都有自己的理解和研究。关于人文这个概念，中西方学者讨论也特别多。比如早在《易经》里，就有"察乎日月，以观时变。察乎人文，以化成天下"的说法。西方的关于人文的提法，最早应该出现在十三、十四世纪欧洲文艺复兴前夕。"人文"出现的重要背景是人权对于神权的反抗，要求解放人性，以人为本，要求尊重人权，实现人的价值和创造性。这样就出现了"人文"这个词，人文主义则是理论化和实践性的共同结果，最终通过文艺复兴实现了它的传播和价值。

就我自己的理解，人文有几个要素：第一，对个体主要是主体自身价值的重视，主张个体的创造与自由；第二，对他者权利的尊重、理解和同情；第三，对普遍人性的理解、人权的尊重。每个普通人的价值都得到认可，这就是为什么文艺复兴时期大量文学作品会写世俗生活，会写具体人的生活，把从前对神的关注转为对人的关注。所以，从这个角度我特别欣赏兰州文理学院关于人才培养的四个要素的主张。我们的大多数学生，未来的职业很可能是当老师或从事文化艺术方面工作。这些工作直接跟人打交道，我们身上的人文情怀和社会责任感，会通过实际工作广泛传播。

回到演讲的题目。讲两个问题。一个是文学和人文的关系，其次是我们今天为什么要重提这个话题。

先谈第二个问题。文学与人文是一个老话题，这个老话题这些年被淡化和漠视当然有各种各样原因。不谈人文或淡化人文的后果我们也都看到了。比如我们经常会讨论科技发展与人权的关系，转基因食品风波，滴滴顺风车杀人案件，等等。我们知道，滴滴平台是依靠新媒体技术发展起来的，是科技进步、通信发达的结果，但"滴滴"是人在管理，人的管理必然存在对人的权益包括安全权益的重视问题。今天，我们怎么应用科学技术为人类服务？怎么处理资本跟人的权益保障的关系？我们怎么看待资方"我"与消费者"他者"的权利责任？在生产和生活过程中"人文意识"怎么体现？如果我们不能很好地理解"我"和"他者"的关系，就不能很好地处理责任和权利的关系，也会带来很多问题。公共汽车让不让座，是每个人都会碰到的事。公共汽车上年轻人和老人为一个座位发生纠纷，大家可以简单地批评他们的素质有问题，但是我们冷静地想一想，对于年轻人，会不会在他们成长的过程中，有些观念和理念比如人文关怀压根儿就没有学习和吸收过，没有人跟他们讲老和幼的合理关系；而对于老人，我们也要一分为二地分析他们的态度，他们怎么样

　　　　　　　　　格桑花姿姿势势

去认识自己的权益，怎么样去尊重他人的权利和自由，都需要引导。从本质上讲，就是每个人从"我"出发，怎么理解和他人的关系，既是思想方法，又是价值判断和价值构建。

中华民族号称礼仪之邦，为什么还会出现公共汽车老少互怼事件？简单地说这是文明传统传承不到位，深入一点说，这是文化转型和文化交响之际文明自觉不够。什么是教化？教化就要把国家和民族以及人类各个历史时期优秀的文明成果传承传播下去，"以化成天下"。这一点，我们现在做得还很不够，才会出现各种各样的匪夷所思的事情。囿于这种背景，呼唤人文情怀，重提人文精神，重新认识文学和人文的关系，是有必要的。

在这个传承传播过程中，文学作为媒介，起着重要作用。从学科分类的角度，文学和艺术当然都属于人文学科，但文学艺术跟人文之间的关系又不是简单的包含与被包含关系。从社会学的角度，文明实践成果一定会体现在文艺层面。举个例子，比如今天上午参观甘肃省博物馆时，我就非常惊讶。甘肃省博物馆的展陈非常出色，甘肃省博物馆是全国十大博物馆之一，藏品珍贵，地位很高，不止于此，展陈确实比很多博物馆做得讲究，有创意，新媒体技术运用到位，这令我惊讶。这些珍贵的甚至独一无二的藏品，生动地记录了当时的地理环境和社会历史发展信息，这就是文学艺术与人文的印证关系。

什么是优秀文学作品？优秀文学作品一定承载记录丰富的人文信息，比如我们耳熟能详的《红楼梦》。《红楼梦》为什么这么多年能形成那么庞大丰富的"红学"？因为它不是一个简单的文本，它是一个超文本，有特别丰富的层面。我的儿子今年上高一，暑期我让他细读《红楼梦》，他跟我讲看不下去，节奏太慢了。我告诉他可以分专题阅读，可以先把书里谈园林建筑的章节挑出来读，读完后还可以根据描述把这些园林建筑画出来。我们都知道《红楼梦》关于园林建筑的描写特别详尽，大观园、荣宁二府，在建筑结构和美学取向上都有差别。荣宁二府里面，林黛玉住的潇湘馆，宝玉住的怡红院，宝钗住的蘅芜院，各有取向，影射居住者的性格，甚至命运。关于《红楼梦》的建筑，学者也产生了很多争议，比如对于作者曹雪芹的文化背景的争议。有人认为曹雪芹是南方人，因为小说里大量的建筑书写都来源于江南园

　　　　　　　　格桑花姿姿势势

林，包括一些饮食习惯也都是南方式。但是也有人指出，一些建筑风格有典型的北方元素，曹雪芹应该在北方生活，是北方人。这些争议某种程度上成为红学研究的一大乐趣。搁置这些争议不谈，我们至少可以断言，一部伟大的作品是一个球体，具有丰富多义的阐释面向。作为作家，他在作品中呈现的是自己的人文素养。

再比如，甘肃出土文物跟南方出土文物在色彩上有明显区别。这个差别一则说明保存条件不一样，甘肃这边相对干燥，色彩不易剥落；还有一个重要原因，我们当地的矿物质原料丰富，比如绿松石在甘肃出土文物以及各种壁画塑像上使用频率很高，说明当时绿松石产量比较高，获取不难。结合绿松石的存在条件，我们就可以研究各个不同时期甘肃的气候环境。今天，如果我们静下心读完《红楼梦》，我们对清末历史人文就会有较为充分的了解。《红楼梦》里关于色彩、服饰的描写，都可以分专节研究。《红楼梦》里面的主要人物就是一些富家子弟，都是有文学修养，受过很好的文学教育。对他们来讲，吟诗作词是一种生活方式。比如中秋聚会，他们要赏菊，要写与菊花有关的诗。后来有人还专门把《红楼梦》里的诗词结集成册，进行专题研究。

文学作品毕竟不是史书，肯定不是对某个历史时期一比一的描写，但是《红楼梦》为什么能给我们这么多的知识点、信息量？因为作家把间接或者直接掌握的素材进行整合并重构成文学文本，因为作家曹雪芹本人的人文素养很好。文学书写和历史书写的差别就在于，文学书写补充的是历史的血肉和细节，通过史书和文学的互鉴，我们看到了历史的风貌和图景。

中文系学生肯定阅读了很多文学作品，其中有你们特别喜欢的书籍，也可能有不满意的作品。面对不满意，作家可能要对写作的初心重新辨识。为什么会有文学书写？当然不只是为了稿费。真正深入人心的写作，绝不是我们坐在电脑桌前的编造，比如现在日更一万字的大量网络文学。我一直认为，网络文学只是一种机械化生产方式，日更一万字、五千字，其实违背了文学创作规律。我们不可能在日更五千字时能仔细推敲，所以才会出现类型化、雷同化的写作。真正有价值的作品一定是作家对这个社会仔细的观察和认真的思考。

格桑花姿姿势势

文化有狭义和广义之别。狭义的文化，是文化事业、文化工作。广义的文化，包括人类的生产生活方式、产生的各种成果，都是文化。我们有时候会纠结于一些概念比如文明、文化，这些概念大意相同，都包含一个最基本的要素，就是人的文化创造。每个时期都有文化积累，所以我们不可能在不阅读、不积累、不去深入社会的情况下，坐在电脑前，就有好的作品产生。或许有天才的例子，比如19岁就能写出传世作品，但这并不意味着19岁的写作者没有积累，他或她或许先天有传奇出生和经历，或许后天做了大量的积累。所以研究作家作品，要研究他们的成长经历，这些都是人文背景，他们的文学创作必然与其人文背景有关联。写作需要天赋，比如你的语言能力和审美能力。写作也是可以训练的，我们现在很多高校都开设写作课程，我们现在进行写作训练时，大多是传授写作本身的知识，比如告诉学生散文、非虚构、小说的写作技巧是什么。哈佛还出了一套非虚构写作教材，可以找来看看。技术不难，属于术的层面。难的是道，道体现的是人文积累。这也是写作课或文科教育需要警惕的地方。在大学里，提倡全科教育，比如社会学、哲学、艺术学、历史学，等等，作为人文学科的学生都应该广泛涉猎。即便没有教学条件，自己也要主动自学。一个从事文学写作的人，绝不是一个只会写锦绣辞藻的人。李辉老师的文章为什么有历史资料价值？因为他对历史的研究，特别是历史中的人的研究非常透彻。胡适说，文学是他的爱好，历史才是他的本业。这句话说明一个作家在写作过程中，其实是有宏大背景的，只有通过学科综合训练，获得综合修养，写作才能爬上高门槛。

我有时候会有一些机会参与评奖，许多作品读完后感觉不到有收获。文本本身技巧或许很娴熟，故事结构也很精彩，甚至有传奇性，但是读或不读，没有本质性的获得。这就是我们现在写作的问题。文本不能真正一刀切入生活，也就不能切入读者的内心。任何与语言有关的学科都是这样，由能指到所指，阅读其实有很多期待。我的阅读获得满足的时候，往往是文本能够提供意想不到的经验，让我在某个方面或某些方面开了眼界。这些方面，可以是关于人的生存和生活，也可以是关于人性，知识或经验，需要有呈现。而真正好的作品，一定是作家聚拢了一大盆原料最后提炼出来的那一小瓶精华，而不是本来只有一瓶原料，却勾兑成一大盆汤汤水水。经验的浓度越高，作品才越有信息量。写作的过程，是将知识和景仰酿成生动的细节和形象。

文学评论也是这样。为什么有的评论文章大家不爱看？我认为评论者一定要站在比作家更高的地方。一方面面向普通读者，一方面还要面向作家。你阅读作家的作品，写评论文章，要通过评论文章跟作家对话。很多作家觉得评论家没有什么作用，是因为他们认为评论家不比他们高级，评论文章对他们没有意义。作家和评论家关系很好，通常都是评论家能够提出有效意见，对作家帮助很大。要对作家有帮助，评论家的站位很重要。评论家首先不必仰视作家，仰视作品。一旦出现仰视，就不能放松并客观地认知作品。那作家为什么要听你的？相反，评论家要俯视作品。评论家如何才能具有认知优势地站在一个高度俯视作品？不仅拥有理论背景，更要掌握人文背景，具有审美穿透力。其中，评论家的人文背景和理解力，决定了他们对作家和文本的认知程度能够到达什么程度。

谈到文艺评论，我最爱看两位先生的评论文章。一位是美学大师王朝闻先生，他是美学家，但他的戏剧评论特别好看。他的戏剧评论文章都很短，大概一两千字，不像我们现在一些评论动辄就要几万字。王朝闻先生写戏剧评论首先出自兴趣。他那一辈的学问家最值得我们学习的，就是他们不仅拥有庞大的知识背景，还尝试各种形式的艺术实践。王朝闻先生懂戏剧，所以他写的剧评，不掉书袋，能够把戏剧的结构和好处用他的简练的甚至感性的语言表达出来，不仅读者读后深受启发，创作者也能够从中获得启示。还比如美学家李泽厚的文章。李泽厚写美学理论文章，会举大量的文学例证，阐释得透彻。我们看完他的文章就会记住这些理论。要知道，不管是艺术评论，还是文学评论，都是一种创作。评论家把作品彻底消化以后，再说出自己的看法，这里面也有个如何讲述的问题。所以一个好的评论家，肯定接受了很好的人文教育，拥有好的人文背景，才能够理解他人并能判断各种关系的合理性和特异性，并能通过提供自己的见解，让大家从中受益。

我们现在的高等教育学科设置越来越细化，传播和接受的理论也越来越多元化，这都是积极合理的，也便于提高管理效率。但是从学习的角度，在细化的前提下，我们还要主张不要丢了大学科制的优势。北大就有人文学术委员会机构，把文学、历史、哲学等人文学科资源整合起来，通过学术委员会组织各种活动，提倡跨界学习和通识教育。打通、联合，并不是说要把每个人都培养成全才，但是每个人都要努力接受全面的人文教育，对人类发展文明成果有很好的学习和积累。只有这样，才有可能获得"一大盆"，并提炼出"一小瓶"，从而创作出有质量的作品。用文学方式、文字形式，形象地讲述人类的故事和精神活动。这个故事和精神活动离不开人文背景。这也就是我们今天说的第一个问题：文学与人文是什么关系。

可见，文学和人文的关系，不单是学科设置问题，人文直指我们的知识、思想、价值体系的构建。这其中，我们从事精神产品生产的这一代作家怎么去理解文学和社会历史的关系问题。什么样的作品能够让我们觉得它是有价值的？我们的作家在这个时代要怎么去努力？有很多值得关注的问题。人文教育又是一个综合性工程。文理学院的思路就很好。

文理学院，只从字面意思来讲，只有文，好像不够，只有理，也不足以使我们成为人才，文理学院事实上就是培养复合型人才。哪怕是培养一个数学家、一个数学老师，他也要具备关于人的基本知识，才能够与学生有效沟通，让学生能在此健康成长。

重建文学写作的有效性

现实主义写作是一个庞大的现实命题，我只能从表面存在的几个具体问题入手。

什么是文学的初心？再现、表现、宣泄，等等，这些是西方式表达。"为天地立心，为生民立命"，这是中国式表达，着力点落在文学对世道人心的建设上。作为一个文论书籍均有周详诠释的传统命题，为何还提？起由是 2016 年底，《福建文学》杂志社委托青年评论家郑润良给大家出了两个题目：一是"你认为文学抓住了时代吗？在这方面存在什么问题？"二是"文学向什么方向用力才能更好地抓住时代？"大家包括我的回答各有立场，刊发在《福建文学》2017 年第 3 期，不议。意犹未尽，在此我也用提问题的方式继续谈谈自己的看法。

文学书写是否匹配这个时代

这个话题稍显沉重。这也是第一个问题的延伸或言外之意。第一个问题的设置显然从文学初心出发。能否抓住这个时代，或者能否匹配这个时代，既是对文学之"再现和表现"之表现的评价，也是对立命和立心效果的评判。

发此疑问不排除"过虑"之忧。"过虑"是时代通病。文学批评历来是同代人批评。我们今天不大怀疑二十世纪二三十年代中国现代文学创作活跃度以及对新民主主义革命的重要推进作用吧？但翻看当时的各种报刊史料，不难发现包括鲁迅在内的一些知识分子都对当时的文艺创作提出尖锐批评。这是一批富有远虑的知识分子，他们已经洞悉文艺创作与现实社会发展的内在关系。他们对于文艺的期待越多，就越不满足，批评就越严厉。也正是在严厉的批评下，文艺创作更加努力，愈加繁荣。爱之深，责之切，或同此理。据此，对于同代人批评，我们可以有则改之，无则加勉。因而，评价我们这个时代的文学书写是否与时代本身匹配，今天肯定不是最佳时期，探讨文学书写对于历史阶段把握的客观效果，往往不能心急，还要假以时日，才能做出更加科学可靠的判断。话虽如此，不代表今天不需要对文学书写和时代的关系进行探讨。

众所周知，近年来文学创作数量非常繁荣，仅以长篇小说线下出版为例——还不计算海量的网络书写，早在三四年前即已达年均四千部。CIP 数据显示，由于纸张涨价、库存减少，图书出版总体增速趋于平缓，但文学类种数增幅仍然保持 8% 左右，其中，强势发展的本土少儿文学和正处于上升时期的网络文学是原创作品供应加大的主要原因。这些作品从不同角度提供了新鲜、有益、独到、有效的城乡生活和生命体验。有评论认为，中国当代文学正在迎来来自二十世纪八十年代中期以来的第二次发展高潮。在一个出版繁荣、新作品和新作家不断涌现的时代，文学对时代的把握能力为何还会受到质疑？换句话说，文学对于时代的把握能力，有没有评判指标？判断一个时期文学繁荣与否，数量繁荣是充分条件，在数量繁荣的基础上绽放出若干匹配时代的精品力作，构成文学整体繁荣的必要条件。目前看来，大家普遍感到不满足的是，能够鲜明地提炼我们这个时代经验、匹配历史表现的精品力作比重不够大，还不足以形成流传后世的大阵仗。大家担心在文学史的版图上，我们这个时代的文学会不会辜负时代。

任何评判都应建立在比较研究基础上。对于今天文学书写现状的评判，有一个坐标可征用，这就是二十世纪八十年代中期——这也是当代文学研究常用的"峰点"坐标。大量涌现的作家作品和理论评论研究，广泛深远的传播影响和社会生活辐射力，是这个时期文学的突出表现。这个"峰点"提供三点经验，可供参考：1. 作品和作家的持久存活率。这个时期崭露头角和培养的一批作家，后来成为雄霸中国文坛近四十年的生力军，一些作品可进入经典文库。2. 理论评论强健的思想力和对实践的介入力。先锋写作、魔幻现实主义、寻根文学，等等，大量丰富的文学实践在理论评论的催生下脱颖而出。3. 文学对于大众生活的影响力、感召力和塑造力。这是核心和本原问题，也是探讨的主要面向。

这三点经验相互可逆推。从这三个经验出发，具体到文

格桑花姿姿势势

学内外部世界，有两个方面尤需关注。

第一，对于时代生活的总体性把握。登高望远，总体性把握借助两个路径：一宽镜头，二长景深。总体性是科学把握的前提。强调总体性，解决的是视野和坐标。没有一个足够宽阔的视野和精准的坐标，个案的甄别和判断选择缺乏科学性和说服力。深刻性和准确性不等于总体性，但总体性一定影响深刻性和准确性。写作对于现实经验的处理，在了解社会生活基本面貌的基础上，所谓了然于心，再去了解具体环境的差异性，从纷繁复杂的原始素材中选择需要重点关注处理的部分，就容易得多。这就好比拔萝卜，放眼看去，满目都是青翠欲滴的萝卜缨，拔出来，根茎却大小粗细不一。怎么提高有效性？有经验的老农动手前会了解这块土地的肥力和萝卜当年的总体收成——这些都属于萝卜地的"背景调查"，对萝卜地总体面貌大致有了数，选择在阳光和水分充足的地方动手，结果通常不会让人失望。

有人认为强调总体性，是反对写个体和个体的周边。恰恰相反，一花一世界，拔出萝卜带出泥，个体是集体的具体化，总体经验是个体经验的集合，个体想象构成总体意识。写好总体性，一个关键指标是写出生动的"一"，有"一"才有细节，写出典型命运、典型环境和典型人物，由一写出百、写出总体，写出代表性和普遍性，达到书写时代生活本质的目的，才是高明的书写。"因为阅读这本杂志而获得对它所处年代文学的认识，以及文学对时代的描绘而产生的总体印象，这些重要的影响要远胜于个人厕身其中所做的微小贡献。"一本文学期刊何以能够照见一个时代？一个时代书写的全面性建立在个体书写的丰富性基础上，这个丰富性是总体性揽镜自照的前提，答案在此。因此，一个高明的写作者，哪怕只是写一个角落，也会虑及总体，努力为总体性贡献经验。

老实说，现有的大量的乡土书写与中国农村起伏变化的现状并不匹配，一是不能及时地、真实地再现乡村现实的丰富性、复杂性特别是总体性，二是叙事艺术陈旧，堕入模式化和浅表化想象，其中，第一个问题是主要问题。今天的乡村无论贫穷还是富裕，都不能摆脱"二十一世纪"和"中国特色"这个时空背景。二十世纪末以来，城市化和现代化进程加快，中国社会经历了时代变革和历史转型，其中乡村社会的变化最剧烈最明显。传统的中国乡村，诗意、安稳，也闭塞、保守、贫穷。遭遇剧变后的乡村，还有诗意和安稳吗？还闭塞、保守、贫穷吗？乡村社会的主要矛盾转移了吗？这些是绕不过去的总体性。总体性视野的匮乏，导致许多乡土写作简单粗暴。再比如，近三十年，中国社会发生了深刻巨大的变化，中国经济总量跃居世界第二，在脱贫致富建设小康社会的过程中，发展重心变化，产业结构调整，老百姓的牺牲、获得和全面发展问题，城乡发展落差问题，新的阶层分化问题，依法治国和公平正义问题，道德失守和价值重建问题，等等，最终都具化为生动真切的事和人，事也是人面对，因此，文学创作的主体是人，客体本质上也是人。书写这些具象的人和遭遇时，有没有写出个体和总体的关系，有没有写出阶段性和历史感，会成为评判写作是否精准的标准。

对于中国社会发展现状和变化趋势，中国文学的目力和笔力不仅要及时地捕捉、全面地记录，还要重构为生动的艺术形象。文学书写的总体性，从现有经验看有两类主要方式：一类是集合式；一类是典型化，是经验的高度提炼。中国古典小说的早期写法多是集合式，《官场现场记》《儒林外史》等等，出场人物众多，角色用墨基本不分主次。《水浒传》《三国演义》是集合式向典型化的过渡。《红楼梦》和《金瓶梅》是综合集合式和典型化的完美个案。现代白话小说基本是典型化写作，以鲁迅的《祝福》《阿Q正传》《孔乙己》《狂人日记》为代表，这些小说的魅力和感召力要归功于祥林嫂、阿Q、孔乙己、狂人这些人物形象的出神入化。这些人物形象凝结了时代和历史的信息，它们塑造了新民主革命前期旧中国的面貌。

第二，对于现实经验的正面强攻。文变染乎世情，兴废系乎时序。文学从来都是反映时代全景和社会变迁的有力武器。人类社会变化，世道变迁，为文学书写提供了大量可资利用包括批判的原料，敏感的书写者会及时捕捉、甄别、解剖。文学是自由中卫，可以用各种姿态书写。在各种姿态里，传统写作也即线下写作，对于现实经验的处理，主要采取两种形式：正面强攻和侧面回应。理论上，是书写小时代还是书写大时代，是书写小我还是书写大我，是侧面写还是正面写，是硬攻还是软磨，从文本的丰富性和充分性角度，都被需要。但从对历史和现实的本质性和总体性书写的角度，首先需要大量的正面照。为一个人录影，如果都是背影和侧影、逆光，对于这个人的真实面目，观众还是模糊的。评判文学书写抓握时代的准确度和有效性也如此，如果正面书写总量不足，侧面和逆光书写再丰富，这个时代的整体面目也还是模糊和暧昧不清的。

客观上任何时代的文学书写都无法自外于时代，近二十年的中国文学书写亦如此。近二十年来，中国进入剧变和转型时期，各种传奇、各种体验和各种经验像过山车一样从我们的生活中呼啸而过、转瞬即逝，中国社会的沧桑巨变其内蕴的复杂性、传奇性、微妙性需要写作者迎难而上。主观上，任何一个有野心的写作者都不会漠视他的时代经验，都会用力把自己系在时代的钢缆上：直面现实，与时代生活同频共振，才有可能认识并表现时代生活。

虽然没有一个书写者能够自外于时代，但文学属于个体性劳动，个体对于时代生活和文学的理解千差万别。特别是正面强攻现实，对创作者要求很高，它要求创作者在了解客观社会现实的基础上，进行形象的、逼真的书写和探索，它有明确的标准，有生活的照伪镜，能一眼将作品打回原形，识别出创作者的认识水平和创作水平。也正因为这一点，许多缺乏生活和生命体验、缺乏对生活底色的认识能力和表现能力的创作者，就会自动地绕开。也有些写作者出于文学观念的偏差，故意屏蔽书写和生活现场的关系，挂上"纯文学""向内转"的标签。主客观的原因导致二十世纪九十年代以来，中国当代文学经历了两个明显的阶段：严重的"向内转"，慢慢地"向外转"。

在文学"向内转"之前，是先锋写作。先锋写作作为二十世纪八九十年代到二十一世纪初影响力最大的一类创作，影响了整整几代人的创作观念，它把文学从口号化、标签化拽回到文学性，一些有特点的作家和作品也是这个时期的成果，比如余华、格非、苏童，等等。先锋文学对于中国当代文学的贡献是叙事艺术的充分探索。对现实经验的重构和解读方式独辟蹊径是先锋写作的一大优势，各种独特的生活经验在先锋文学作家的笔下淬炼重构，迸发出锃亮的艺术钢花。需要更正的是，先锋文学创作与时代生活并非绝缘体。恰恰相反，他们笔下的人物形象具有极其鲜明的时代辙痕和社会学身份。以先锋文学代表人物余华为例，余华的小说与整个九十年代中国社会大背景基本同频共振，是典型的典型化写作，《在细雨中呐喊》《活着》《许三观卖血记》，无一例外都建构在深厚的"中国"背景之下，讲述的是中国人、中国文化、中国社会、中国制度，拥有明确无误的意义指向。但是，先锋写作后期，生活经验的丰富性被抛弃，"技术探索"被绝对化、极端化，"向内转"乘势而上。恰逢"70后""80后"初登文学舞台，经验体验先天不足，笔墨自然乐于更多地逡巡在"我"的周边，又恰逢资本强势介入，揣摩资本趣味又成为写作追求。当这种写作成为风尚，文学面对现实发言的能力和发言的兴趣越来越小。文学写作的这种变化，引起了理论评论界的关注。

这个时期的文学研究，有三个关键词值得重视，它们是"现代性""市场""个人化"。何言宏在《二十世纪九十年代以来的中国文学与现代性问题》一文里说，"受到国家力量与市场逻辑双重支配的文学出版和文学创作，以经济伦理损害了文学伦理，引起了文学标准的变异，从而损害了文学的自主性"。南京师范大学学生程炳武在硕士毕业论文里也提出了"个人化小说"概念（《二十世纪九十年代个人化小说研究》），与此同时，有人提出"市场时代的文学"概念（《市场时代的文学：二十世纪九十年代中国文学对话录》)。既往的历史实践充分证明现实主义具有顽强的生命力，现实主义的缺席必然导致文艺与生活、与人民的关系疏远，从而使文艺描写现实、记录历史的重要功能削弱。网络写作的现实遭遇就是例证。互联网技术的进步，降低了写作和发表的门槛，资本的介入以及产业链条的构建，使网络写作迅速克服媒介和艺术形式的限制，渗透、融合到影视产业，形成覆盖式传播影响，网络文学以一种新型业态形式生成并野蛮式生长。由资本强势主导的网络写作，一是流水线的写作模式客观上不允许现实经验的慢慢提炼和转换，二是创作主体年龄偏小，实际生活经验积累少，写作过多地依赖想象和虚构，文本的类型化程度高。网络文学写作是对类型文学和通俗文学书写的丰富，其中个别文本甚至达到类型写作的高峰。但是，大量的网络写作架空现实和历史，缺乏有效经验，无法正面记录世道人心，无法形成真正深入人心的传播影响，网络文学的可持续发展受到掣肘。有关方面为此出台了引导政策，比如评奖导向，最近情况有所改观，比如，最近两期中国作家网发布的网络文学排行榜上现实题材和历史题材作品比重加大。以现实关怀和现实题材为特征的现实主义写作在网络写作中占比之前，早已重返主流视野，在叙事艺术和题材开掘上均有探索，比如非虚构写作、"底层叙事""在场写作"，等等，并产生了很明显的社会效果。现实主义的回归是对"向内转"强调的有力反驳，把写作与现实的关系重新接续上。关于现实主义写作的有效性，后面还会专门论述。

　　文学的发生和发展需要诸多条件，一些文学类型在不同历史时期已经达到高峰，比如唐诗宋词元曲，让后人望尘莫及，这也是今天我们为什么要有文化自信，要继承优秀传统文化。唐诗宋词的发展与古汉语使用生态密不可分，现代汉语和白话文养成全新的表达和思维方式，小说自二十世纪以来获得快速发展也是此故。文学史是一个个山峰连接而成，并非是社会进化论所持的螺旋上升线路。基于这一逻辑，有人会问当下中国文学能否创造新的高峰？这句话又回到了起初的问题：时代巨变，生活丰富激荡，文学的自主性获得了极大的解放，文学创作是否匹配这个发达时代？也许，与丰满诱人的现实相比，文学书写正面强攻的总量和力度仍嫌不足。

文学怎么认识这个时代

文学书写能否匹配这个时代，取决于两种能力，缺一不可：对于历史和现实经验的认知能力和对于现实经验的文学转换能力。追本溯源，纯粹层面的文学鉴赏过程，虽然首先表现为感官层面的审美愉悦，其次才是意义层面的认知共鸣，但"文"终究为"言"服务，是"言"的前缀。对于历史和现实经验的认知能力，即"言"，是"写什么"和"为什么写"，具体到当下，是如何认识这个时代、怎么写这个时代。

这几组关键词或应关注，比如：新与旧，大与小，复杂和独特。

新，相对于旧而言，放到"时代"这个名词的前面，注重判断这个时代的内在发展动力和社会结构的变化，而不仅是时间坐标点的更新。从中国社会发展历史进程看，近二十年来，国情巨变，世界局势也在变化，能不能通过断崖式的社会转型看到中国社会的制度、秩序、世道人心的历史变迁，能不能透过复杂、生动、细微的表象看清政治、经济、社会、

　　　　　　　　　格桑花姿姿势势

文化各领域的变化逻辑和变化动力，成为衡量当代文学书写有效性的标准。还要考虑到，中国今天的新不是平地上的重新架构，而是旧邦新命，还必须熟悉历史延续和历史遗存。这个新时代，同时也是复杂的大时代。郭敬明的小说《小时代》无比真切地表达了思想解放、物质财富迅速积累之后，个人主义和消费主义的虎视眈眈和一往无前的力量。在社会物质文明日益发达的今天，文艺作品对于物质和人的关系的探索是必要的和有价值的，但探索如果仅仅停留在物质创造和物质拥有的层面，把物质本身作为人生追逐的目标，奉消费主义为圭臬，是"小"了时代，窄了格局，矮了思想。史学家钱穆说中国知识分子远从春秋时起，便以"在世界性社会性历史性里，探求一种人文精神，为其向往目标的中心"，知识的功能虽表现在知识分子身上，而知识的对象与其终极目标，则早已大众化。作家和艺术家作为中国知识分子的重要类别，是中国社会人文精神的建设者，也是人文精神的传播者。作家、艺术家身处丰富、深刻、复杂、变革的大时代，人类的命运，国家的命运，民族的命运，个人的命运，哪一样不是现实社会和现实人生？政治、经济、文化，哪一样不值得去为历史立题？文艺作品一旦完成，进入到公共空间，判断其价值有三个基本维度：知识价值、审美价值和道德价值。审美价值表现为创作主体对于经验的重构艺术，知识价值和道德价值是文学作为一门独立艺术形式存在的前提和理由。笔由心起，除了审美价值，文学贡献的是知识价值和道德价值，是信息、智慧和力量。文学也是舆论，文学的影响是病毒式的扩散影响，兴致由衷，以审美的方式把个人的生命体验与时代历史结合，把个人经验化为大众经验，从而形成文学的公共价值。文艺创作实践是个体性行为，文艺创作的功能却具有公共性，文艺创作无视大的人群，无视创作底色的世界性、历史性和社会性，是对作家、艺术家自身职责的放弃，也是对时代、历史的伤害和不公道。

作家这个职业有其特殊性，天然被赋予"立命""立心"责任，因此，作家被喻为"上帝"，是全知和先知。"我们现在所描述的所有事情被通称为'不成文法'，我们所说的'祖宗大法'也在此列——它们是维系整个城邦的隐秘丝带。"文学与现实关联密切，写作对于生活的干预深刻久远，因此被看作"第三种法律"。"这种法律既不是刻在大理石上，也不是刻在铜表上，而是铭刻在公民们的心里；形成了国家的真正宪法；它每天都在获得新的力量，我说的就是习惯、风尚，尤其是舆论……其他所有方面的成功全部有致于此，这就是伟大的宪法家秘密地在专心致力着的方面。"

大时代需要史诗性书写，把"说法"从人类的总体性"活法"中找出来并写出来。巴尔扎克在小说《人间喜剧》里以与生活和时代同构的方式，把金钱和人的微妙关系形象地展现出来，列宁曾说读《人间喜剧》九十六部作品比读任何历史著作学到的经济细节的知识都多。许多人也是通过阅读鲁迅的《狂人日记》和《祝福》，对中国封建礼教的"吃人"本质有了根深蒂固的印象。陕西作家这方面比较突出，从柳青、路遥、陈忠实、贾平凹，包括近年来的陈彦，通过《创业史》《白鹿原》《平凡的世界》《装台》这些作品，从不同的层面建构这块土地的百年史志。朱老忠、黑娃子、孙少平、顺子都是有限土地里或职业里的具体人物，但他们的根都深扎在特征突出汁水丰沛的社会肌体里，成为不同历史阶段不同层面的生动代表。周梅森的反腐题材小说《人民的名义》成为2017年文学出版现象级作品，不是偶然，因为作家用如椽之笔把近年来中国社会的政治生态真切生动地记录在案。

沉潜至九重之渊，方能探求骊龙之珠。文学写作抛弃现实经验，对现实和历史的影响也就无从谈起。报告文学一度式微就是反证。时代的变化在报告文学作品里没有得到充分有力的展现，在一种肤浅的文学观念的影响下，大量的报告文学写作满足于表象罗列，缺乏穿透力和思想力。报告文学作家会问，我们已经第一时间赶到了现场，第一时间写出了真实的现场，怎么会没有介入现实？介入现实，一定要写到深层，写到真相，写到笑点、泪点、痛点和难点。

文学如何为时代生活塑形

生活前置"时代"一词，强调经验的阶段性和当下性，给生活归置了明确而不是泛泛的坐标。当然，这是个伪命题，生活都在时代之中展开，没有时代坐标的生活异想天开、不足为凭。但写作，特别是书斋写作，很容易被诟病缺失贴切坐标，缺乏时代感。生活汁水丰盈充沛，中国社会的变革变化如此复杂，中国人的活法、做法和想法为什么不能通过细节、形象和行为，与文字构成密切联系？文学能不能为时代塑形？如何重建文学与生活的逻辑？

一是重建文字的责任并有效打捞生活素材。随物赋形，"艺术是最接近生活的事物，它是放大生命体验、把我们与同伴的接触延展到我们个人机遇以外的一种模式"。生活是文学的素材，真实的生活写出虚构的印象，这是败笔；虚构的生活写出真实的情趣，这是艺术。作家这个群体的内在素养，决定文学的最后呈现。解铃还须系铃人，沟通创作主体也即作家的共识是首要的。

当代中国作家的构成，包括职业作家和非职业作家两部分。非职业作家是潜在的巨大，但因为是潜在，定性分析较难，所以此处略去不说。职业作家是文学写作的主力军，问题是许多作家进入职业化写作状态后，特别是随着经济收入稳定好转，作家的生活半径越来越小，直接生活经验往往成为负数，对于生活的感知力、理解力减弱。对作家群体用力，这个用力，不是哄，不是捧，不是打，不是骂，而是努力培养作家为历史和时代塑形的雄心。中国文学与历史的关系密切，从先秦到唐宋史传之风尤盛，《左传》《史记》《战国策》都是杰出之作。明清四大小说除了《西游记》，《红楼梦》《水浒传》《三国演义》都有明确的现实关切和历史书写。这种书写传统通过五四新文化运动获得充分的光大。今天，重树作家的写作雄心，重建文学书写的有效性，首先要重建文字的责任感和文学为历史和英雄人物书写的理想情怀。美国人罗蒂在《筑就我们的国家：二十世纪的美国左翼思想》里写道："讲述民族的历史与英雄故事，这是艺术家与知识分子的任务。"写作不是盲目的能力，写作是有目的的能力。写作能力不仅是辞藻华丽、故事圆熟，更有价值的是所指和能指关联后产生的张力、意蕴和指向。与现实和历史严重脱钩的写作，文本通常缺乏质感。

树立雄心之际，客观上还要提高打捞生活的能力。书写能力下降的一个客观原因是人们感知和打捞生活的能力下降。作家要能穿透生活表象，直探其最纯粹、最洁净的本质，洞悉了，就能轻易找出最恰当的配对组合，只给读者看必须看的东西，把那些多余的全部扔掉，只留下有用的必要的叙事，因此，提高打捞生活的能力，要走好两步：第一是看透，第二是剪辑。面对大量的碎片化的鲜活经验，怎么剪辑，其实是对作家的艺术修养以及叙事能力的全面考验。剪辑掌控的是一种氛围和情调的调度，要能发掘故事的味道和延展空间，从而和读者对话。

二是重张和发展现实主义。作家的站位有赖于作家的自觉——自觉奔向高处和前方，但能不能奔到高处和前方，有赖于作家的写作能力。

文字如何处理生活经验？直面时代、正面强攻的现实主义写作是有效方式之一。近一个多世纪以来，在文艺创作和文艺研究领域，现实主义作为理论和方法被广泛征用，并产生了大量经典作品，对包括中国文艺在内的整个世界文艺产生了极其深远的影响。远的如十九世纪欧洲现实主义和批判现实主义不说，以我国当代文学创作为例，研究一些共识度较高的经典作品，会发现一个共性：关注历史和现实，关注人类社会实践，通过对生活现场的观察，了解和把握新事物、新规律、新问题，并通过艺术形象的提炼和塑造，努力真实、详尽、准确地书写这些人类社会的实践和精神发展历程。这就给我们一个很重要的启示：文艺从发生到发展，无论如何虚构变形，如何创新创造，文艺作品记录和探索人类的精神和心灵的宗旨不变，文艺创作为时代历史塑形的评价维度没有改变，判断一部作品的标准，最终要看能否作为现实的书写文本进入历史长河。

但是有很长一段时间，现实主义被污名化，被等同于落后、保守、平庸，被等同于教条主义、歌德派、艺术品质低劣。当然，任何一种理论和方法都不是万能的，现实主义与任何理论和方法一样，有优势，也有短板，存在这样或那样的问题，这也是为什么我们要提倡文艺创作百花齐放、提倡创新理论和方法的原因。但是，这不等于不加分析地否认或者指责现实主义存在的科学性、合理性。现实主义作为一种创作精神和创作态度，作为一种创作风格和创作方法，是经过大量的、丰富的中外文艺实践检验，是符合文艺创作规律，并符合人类认识和表达的内在需求，是有生命力的理论和方法。现实主义被污名化，既是缺乏对现实主义的客观公正的认识，也是缺乏对文艺创作理论方法的深刻研究，这种表现已经对当前我国的文艺创作产生了极大伤害。

其实，现实主义写法早已超越了单纯的方法论层面，具有更加丰富的内涵和面向。现实主义被窄化，是指在当下的文艺实践中，一方面，围绕"现实主义"这个概念繁衍派生出各种各样的现实主义，如魔幻现实主义、超现实主义、底层现实主义，等等；另一方面，现实主义的丰富性和多面性被遮蔽，特别是现实主义的最可贵的精神层面被忽视、被抛弃，现实主义只留下了创作风格或创作技巧这些相对技术化的层面，有些时候甚至连现实主义创作风格或创作方法也被窄化为"写实"或"白描"。现实主义被窄化，对现实主义是伤害，对文艺实践也是伤害，它混淆了生活真实与艺术真实的关系，混淆了文艺创作与实践现场的关系，使文艺创作在许多具体的领域裹足不前。理论的困惑必然带来实践的困惑，比如在非虚构写作或者说纪实文学、报告文学写作中，真实性原则和文学性写作的关系怎么处理一直模糊不清，成为问题。又比如在小说创作中，怎么把握和处理现实生活中的美与丑、光明和黑暗的关系，也成为一个问题。

现实主义需要坚持，也需要发展。现实主义在实践过程中，有两个问题需要克服。一是要处理好局部真实与整体真实的关系；二是要处理好客观真实和主观想象的关系。对待现实，要坚持辩证法，有局部经验，还要有全局观，在呈现生活真实的同时，处理好局部和全局、光明和黑暗的关系，处理好文学性和真实性的关系，也即艺术想象和生活真实的关系。

　　　　　　　　　　　　　　格桑花姿姿势势

女性与文学五题

文学有没有性别

在我看来，这是个伪问题。文学的分类中并没有所谓"女性文学"的类别或概念。难道所有以女性为审美对象的作品就叫女性文学？那么，在漫长的文学走廊里，严格地站在"男性文学"一侧者寥寥无几。难道女性创作的作品就叫女性文学？那么，女性以男性为主要审美对象的作品也叫女性文学？这显然并不准确。文学本身没有性别。文学作为一种用语言文字形象地记录社会发展历史进程、表现人类精神和心灵的艺术形式，呈现在受众面前的文本可能有语种差别、形式差别、程度差别以及媒介差别，写作者的身份可能有职业非职业差别、女性男性差别，写作的对象或有老少男女差别等，但文本一旦作为一个美学实践产品完成，在受众和研究者面前，它就是一个独立的完整的"人学"，与生物学和社会学意义上的性别无涉。

女权运动和女性文学是什么关系

为什么会产生"女性文学"这个概念或问题？这要追溯到十九世纪末欧美女权运动扩大化。今天的女权主义者，也许会把 1987 年 12 月 30 日西班牙《终极日报》刊发的《世界女权运动》一文作为女权运动的一个标志性的转折。这篇文章提出："20 年前主张解放的妇女，现在发现自己成了满足男人欲望的工具。因此，她们甚至组织起来反对选美，认为那是对妇女的侮辱。在一系列问题上，需要做出明确判断。全世界的妇女都知道，她们要走的路还很长，然而目标是不会改变的，这就是男女平等。"这一说法意味着女权运动在以男性为范本争取客观生活条件的同时，开始争取内心需求上的"均衡平等",将由"政治经济社会"转向情感伦理的内在需求。

在人类社会发展历史进程中,自有文字记载以来,男权或父权一直占主导地位,主张女权是女权运动的"原教旨"。女权运动可以分为两大阶段:最初注重对女性生存的社会条件的改造,后来转向对女性自身包括社会生活、家庭角色的内心体验和需要。在第二个阶段,女性开始认识到,一个人的解放首先是身体的自由和情感欲望的解放。文学成为女性张扬人性觉醒的旗帜。在中国现代文学史上,以鲁迅等为代表的男性知识分子,对于女性不自由、被戕害的处境的批判和从内外打破封建藩篱、走出各种禁锢、实现彻底解放的呼吁,催生了五四新女性文学。

女权运动并不必然造就女性文学,但女权运动唤醒了女性对于自身角色的体认——这个"女性",既是各种社会关系和解的结果,也是对女性自身的一种认知和评价。对于女性来说,拿起笔,用"文学形象"书写这种认知,并通过出版谋求共鸣,相较于其他政治社会手段,也许更加容易实现,也更加容易发挥女性在语言驾驭和情感体验上的性别优势。

女性与文学到底什么关系

女性是天然属于文学的。从美学的角度，如果把艺术的类型分为阴性和阳性，文学属于阴性艺术，它在向内挖掘的能力和表意的丰繁细致性上，是其他艺术形式望尘莫及的。具有文学性的艺术如戏剧、影视也属于阴性艺术，而以表形为特征的舞蹈和绘画，则属于阳性艺术。文学的阴性气质，与女性的情感方式、语言习惯、思维逻辑是协调的。希腊神话里掌管文艺的神祇是宙斯与记忆女神谟涅摩叙涅的女儿缪斯，寓意着文学是记忆艺术，是时间艺术，它用语言和文字曲折地描绘和暗示人类的命运，是记录和预言。

作为时间艺术的文学，被作家苏童形容为撒谎艺术。谎言要高级，人们才相信，也就是说，文学写作是用与生活极为相像的形式和逻辑，虚构形象和经历，供人们指认、发泄、抒怀，寄托"白日梦"。"杭育杭育"派的豪放，催生的只能是劳动号子。而"感时花溅泪，恨别鸟惊心"的心思婉转，才是文学的特质。在文学的评价体系中，越是细致越是好作品，越是粗放越是初级——像海明威那样的硬汉作家，只写浮冰上的八分之一，却颠倒众生，在整个世界文学史上也是凤毛麟角。更多的作家以超验敏感名世，作家或诗人这种敏感或超验的能力，承继自其先祖"巫"。古希腊神话也好，中国远古传说也好，都给予了"巫"这个角色同一职责——上界与下界的使者或言者，他们不受现实束缚和局限，穿越往生和来世，表达愿望，预言未知。作家是天赋才能，心较比干多一窍的阴性气质，才能写得出含英咀华的葬花吟。

随着生产方式的变化，从母系社会过渡到父系社会的女性，其政治和社会角色萎缩以后，文学成为她们表达自我、与他人和社会沟通的一种媒介。世界文学史上，没有十九世纪中产阶级的太太客厅，就没有小说的需求和发生；十二十三世纪的欧洲，没有贵妇名媛的爱和美，也就没有骑士文学和至今仍影响欧美文化的骑士精神；拉菲尔的名作《帕纳塞斯山》中，女诗人萨福的形象之所以引人注目，是因为萨福是柏拉图口中的"第十位缪斯"——艺术的化身。而在中国文学史上，虽然男权的长期专制使女性的才华被遮蔽，但是蔡文姬、李清照的诗词流传至今，即便是曹雪芹的《红楼梦》，也有考据家依然怀疑它是某个女性作者的假托。女性既是文学的忠实读者，又可以成为文学的作者。"女性和孩子撑起了阅读的天空"，有谁会怀疑这句话呢？

为什么只有一个高峰

应该加个限定语，是"近百年来"，中国女性的文学写作只有一个整体高峰。五四新文化运动呼吁女性打破封建桎梏、走出家庭藩篱后，接受过较好的文化训练的一批新女性不仅在生活方式上"标新立异"，还以作家的社会身份脱颖而出，她们中出现的一批佼佼者凭借文本名垂中国现代文学史，她们是冰心、丁玲、萧红、凌叔华、庐隐、石评梅、张爱玲、杨沫，等等。女性写作在当时的意义，表现为借由女性自身的体验，描绘封建社会和半殖民地半封建社会中国女性的命运、情感和欲望，不但探讨女性的社会角色和人生遭际，也书写女性的生物特征和全面欲望。可靠的性别体验和细腻的文字风格，建构了丰富而特殊的一类文学样本，成为五四新文化运动的一个重要表达，所以五四新女性的文学写

格桑花姿姿势势

作不只是一场写作的行为艺术，相较于同时期的许多男性作家，她们的文本更具识别性，她们对旧文化体系的反抗和破坏更强，获得的关注也更明显。这一时期显然是中国女性文学书写影响力的高峰时期。这一高峰的余波甚至延续到新中国成立以后。被誉为"文将军"的丁玲、"三寄小读者"的冰心之所以在中国当代文坛仍然具有或虚或实的影响力，也是这个高峰的延续，她们的重要文学成就在新中国成立前已经完成。

中华人民共和国成立65年来，中国社会的男女平等问题解决得相当彻底，女性的充分职业化使作家队伍里女性面孔极为丰富。随着整个社会文明形态的丰富发展，女性的文学写作在内容的丰富性、数量的繁茂性，特别是形式的多样性、表达的充分性、文本的成熟性方面，远远地超过了"新女性"时期的白话文学创作。与"新女性"用写作寻求命运改变的初衷不同，写作成为当代女性不甘平庸、寻求个体存在感的媒介。今天的女作家作为一个群体，尽管数量不少，但从文本的识别性、文本对于文学创造的影响力方面，并未持续形成一种引人关注的现象，因而对于整个社会政治文化生活产生的影响也是有限的，仅从几个权威性奖项，女性作家的身影只是点缀就可想而知。什么原因？可以从生物学寻找原因，但主要还需从社会学寻求答案——"女权"在中国也并未形成"运动"，大概也是原因之一。今天这个时代，特别是在中国，从"人性"的角度来看，是一个妇女极度解放的时代，但真正意义上的现代新女性写作还没有出现。女性在过度解放身体和欲望、强调性别权利的同时，自体精神的丰富性和作为"人"的全面性反而在削弱，女性写作也就很难超越她的老对手——男性。毕竟，文学是要对人类精神和心灵的跋涉进行记录和分享。

女性写作有哪些趋势

女性写作的特征是具体的和丰富的，不一而足。在此只能大体勾勒两个趋势：一是传记化或私语化，一是通俗化或情色化。

鲁迅说女作家凌叔华用有限创作塑造了高门巨族的精魂，而近年女作家虹影在长篇小说《K》里书写教授夫人林与一个留学中国的英国青年的情感和欲望纠葛，被指为凌叔华的传记；萧红的《商市街》里，家庭情感的危机，自我的审视，与"三郎"萧军的故事，俨然自传……丰富曲折的情感方式、感性细腻的语言习惯和宣泄抒怀的写作动机内转是女性写作的美学特征，自传或他传风格比较明显。当代女作家里，林白比较典型，有评论认为她的几乎所有的创作均源自个人的经验和经历。而二十世纪八十年代非常活跃的女作家张洁在《爱，是不能忘记的》《沉重的翅膀》等作品里，虽然具体的人物身份改变了，但是属于作家个体的经验和感受一以贯之，对于欲望和道德的思考，始终是张洁式的经验。其他如徐坤，她的自传体小说《春天的二十二个夜晚》基本上是一本情难自抑的日记。

比徐坤稍年轻的"上海宝贝"卫慧、棉棉，已经摆脱了"欲望"和"道德"的纠结，她们的书写风格是"新感觉派"，延续着狐步舞的"性感"节奏，文字表达直率，经验直接，在文学审美上更少含蓄、更多通俗，这一"通俗"让她们在短时间里获得了很大名气，也很快被多数读者遗忘——人们不会因为她们是女性而格外记住她们的作品。当然，对于"通俗"，我们也不必鄙夷。作家董鼎山认为女作家以外貌和色情描写促销作品，是普通人心的反映。美国畅销书女作家爱瑞卡·钟在52岁出版《惧怕50岁》一书时，还大谈对青春包括容颜消失的恐惧。性别角色的长期分化，使男性成为社会动物，女性趋向于家庭和"我"。比较起男性写作者的目光外放，女性的内心体验细腻，对身体的感受更加敏锐，更有表达的冲动。

二十世纪中后期以来的中国当代女性写作也在悄然变化，消弭性别差异的"中性化"审美开始在文学评价体系里占据上风，立场"外向"、格局"社会化"的女性写作更容易产生共鸣，因此，"现实感""历史感""时代感"成为王安忆、铁凝、范小青、迟子建、池莉等女性作家的写作追求。特别是更年轻一点的梁鸿、孙惠芬，她们的"梁庄"和"歇马山庄"，对发展中的当代中国社会的深度叙事，表现出异乎寻常的美学力量。这种力量，即便是在男性作家的笔下，也是久违了，它们让我想起了萧红当年的《生死场》。真正出色的作品哪有什么性别！

一个人的"五四"

——首先想到鲁迅

纪念新文化运动百年，有很多层面很多人物可以书写。首先想到的是鲁迅。鲁迅的存在，有力地说明，写作可以实现的伟力有多大，以及作家应该追求的功业是什么。

一笔比一剑，可挡百万兵，鲁迅用笔开拓了辽阔深远的思想文化空间，并身体力行，成为现代知识分子的典范。作为思想家和革命家的鲁迅令人崇敬，作为文学家的鲁迅，凭借其丰厚生动的文本，穿越百年时光，在今天依然是一座难以超越的高山。今天我们谈鲁迅的思想，谈鲁迅的文学，谈得较多的是其杂文随笔。鲁迅是文体学家，散文、杂文、评论理论、中短篇小说，众体皆备，都有开山之功、建城之力。

在鲁迅斑斓多姿的各种文本形式里，我最喜欢他的中短篇小说和散文。同今天许多作家一样，鲁迅当年写中短篇小说，主要刊发在《新青年》等期刊上。不仅鲁迅，其他同时期作家也大都如此。从一个侧面佐证了期刊与文学创作如影随形，一部期刊史，几可建构一部中国现当代文学史。

1919 年 4 月，鲁迅的第二部短篇小说《孔乙己》继《狂人日记》之后，又在《新青年》第六卷第四号发表。这部加上标点符号共 2644 字、以今天的分法大概只能叫"小小说"的短篇小说，几乎一字不废，落地成金。一百年来，在两万字以下的白话文短篇小说创作范围内，除了鲁迅本人的《祝福》或可比肩，大约无能出其右者。换句话说，白话文短篇小说诞生之初便是高峰。这究竟是幸事，还是不幸，我不能判断。

陈独秀、胡适二人以上海《新青年》刊物为阵地，率先举起白话文运动大旗之后，鲁迅紧随其后，成为最有支持力的文学实践者。他们合力，促使白话文运动有了实质性的开端，并拥有丰硕成果。白话文写作和白话文阅读，自此慢慢渗入人们生活，成为习惯。这些五四新文化运动重要成就的取得，有赖于以鲁迅为代表的一代作家创作的有效性，这些作品极大地提升了白话文的声望和地位。所以，今天我们也会把这一代作家的作品称为启蒙文学，重点落在它们的社会功用上。

从 1918 年 5 月 15 日在《新青年》第四卷第五号刊发《狂人日记》开始，鲁迅一直在通过写作来提出和探索"中国问题"。所以，阅读和研究鲁迅的文本尤其重要。《狂人日记》是中国第一部白话小说，也是中国第一部现代小说。这个现代，既指其现代性的思想，比如对人和环境的对抗以及人吃人的异化问题的关切，同时也指其现代小说技法。小说思想的现代意味还在其次——这当然重要，但在今天的我看来，最惊讶的是鲁迅对于各种现代小说技法娴熟老到的掌握，比如心理结构、精神分析、象征喻体，等等，一应拿来，为我所用。这些现代技法，在鲁迅八年后辑集出版的散文诗《野草》中用得更加频繁。白话文晓畅、明白、清晰、准确的特点，深深地刺激了读者，用白话文写作可以摆脱很多程式束缚，可以说自己的话，说有内容的话，更加贴近时代气质，因《狂人日记》引发的白话文写作话题纷至沓来。

1918 年冬天，鲁迅开始写他的第二部短篇小说《孔乙己》，并于 1919 年 4 月公开发表。单纯从短篇小说文体建构来说，《孔乙己》比《狂人日记》的小说性更强，更加充分地发挥出了小说这种相对感性的文体特性，对于世态人情的描摹入木三分不嫌其深，对于人物性格命运的刻画曲尽其笔不嫌其难。小说对社会现实的透彻观察力和幽微贴切的表达力，彰显了作家的思想力，也彰显了汉语言文字的魅力和小说建构生活的可能性，直接把小说艺术推到了高峰，也给白话文运动着着实实地烧了一把旺火。

　　《孔乙己》作为白话文小说的杰出代表，成为白话文运动研究以及中国思想文化史研究绕不过去的一个案例，与其超越文本的符号性价值有关，比如说启蒙意识。从思想文化的角度，孔乙己扭曲的人格和悲惨的命运，是封建科举制度对中国知识分子身心戕害的生动写照。鲁迅用一支笔，生动深刻地揭示旧制度、旧思想和旧文化的落后、腐朽和病态，鲁迅的中短篇小说迅速被广泛传播，成为五四新文化运动解放思想的重要武器。作为作家的鲁迅，站在了时代的潮头。

　　历经百年，脱离了当时的历史背景，这部文学作品光芒不减，这就值得我们今天的作家好好地阅读和好好地研究了。

用小说创作的眼光看，《孔乙己》究竟好在哪里？

无疑，《孔乙己》从文本的角度给予文学最大的贡献，是用小说的笔法写活了孔乙己这个下层"士"的形象。我们经常会说"人物画廊"一词，在中国现当代文学史上，从出现时间先后角度来排，排在第一位的，毫无疑问是"孔乙己"。从人物塑造的真实性和饱满度上看，"孔乙己"也位列在第一排。"鲁迅以极简的笔墨和典型的生活细节，塑造了孔乙己这位被残酷抛弃于社会底层，生活穷困潦倒，最终被强大的黑暗势力所吞没的读书人形象"，这已成为共识，不多言。

"小说是奇巧淫技，小说更是真实。"小说，在鲁迅的笔下，怎么与现实建立联系？《孔乙己》用看似冷静、留白的笔法写出了藏在深邃背后的深情。

"深情"和"深邃"这对几乎被用烂的形容词，用在鲁迅的身上，才恢复了原貌。

鲁迅的深情，过去我们常说是孺子牛的深情。"运交华盖欲何求，未敢翻身已碰头。破帽遮颜过闹市，楼船载酒泛中流。横眉冷对千夫指，俯首甘为孺子牛。躲进小楼成一统，管他冬夏与春秋。"这是历经世变的中年鲁迅,借《自嘲》自嘲,并抒怀言志。前四句,是对世态与时运处境的描述,是写《自嘲》的客观背景。后两句主观抒情,才是重点。"横眉冷对千夫指",因为这句诗和杂文书写,鲁迅的形象长期被定格在锐利、睿智、冷峻、傲骨层面。光有冷峻,不是真实的鲁迅,真实的鲁迅不仅是感性的,而且是容易深情的。

1935 年,鲁迅在李伟森、柔石、胡也频、冯铿、殷夫五位青年作家于龙华被杀后,悲愤地写下这首《七律·无题》:"惯于长夜过春时,挈妇将雏鬓有丝。梦里依稀慈母泪,城头变幻大王旗。忍看朋辈成新鬼,怒向刀丛觅小诗。吟罢低眉无写处,月光似水照缁衣。"有"横眉冷对"映衬,"挈妇将雏"才是真实的和深沉的。如果说"挈妇将雏"是一切人之本能,"俯首甘为孺子牛"才能表现出鲁迅的广大情怀底色。从这句以及他的诸多文本中,鲁迅的拳拳之心被深切体认。鲁迅的拳拳之心,其思想基础是平等、关怀和平民意识,在这样的思想平台上,他会始终牵挂佃农的儿子、童年的玩伴章闰土,他会反思无意间给自己的兄弟造成的伤害和压迫,他会从一个人力车夫的身上学习做人的道理。同样,即便是小伙计的视角，他也会写出忧伤和不安，写出对孔乙己这样一个底层知识分子的同情，写出艰难、扭曲和尴尬，写出自尊、努力和底线。

鲁迅的深邃分两层。一层是对"旧"的批判，批判旧有的落后制度、旧有的荒唐习惯、旧有的世故势力。比较起这层批判，更深层的深邃是鲁迅的忧患意识。嘲笑人的人吃人的人，与被嘲笑的人被吃的人，都是落后的制度文化的产物。鲁迅对于具体的个人，其实更多的是"哀其不幸"，这是基于对人性的悲悯。鲁迅横眉冷对的主要对象，是这个"吃人"和使人非人的制度、习俗和文化。透过现象看本质，鲁迅的深邃来自比较文化的视野。比较古今、比较东西、比较先进和落后，鲁迅才有对于落后传统的批判。对于"拿来"和"继承"，鲁迅都深有体认，这些体认有的直接形成为杂文，有的在鲁迅的小说里成为形象，比如孔乙己。正如拿来不能全盘接受，继承也要批判继承，鲁迅对孔乙己这个人物是牵挂同情大于怒其不争，这种复杂的情感，也是他对传统文化的一种表达。

我一直认为，比较起杂文的战斗性和匕首特质，以深邃为背景的深情，是鲁迅写散文和小说时的情感姿态。散文是非虚构，直接探底作者的情志识，因此，阅读《藤野先生》《从百草园到三味书屋》《兄弟》《范爱农》等散文，人物包括场景常留在我们的记忆中，一是因为鲁迅是语言文字大师，描摹生动有力，信息能够被有效接受；二是因为书写者的深沉、细腻、忧伤的情感，真切动人，共情力强大，读者被深深地带入，并被打动。

鲁迅的短篇小说同样如此。三个名篇《狂人日记》《孔乙己》《祝福》都设置了第一人称叙事视角，叙事人的身份，一会儿是回乡的狂人，一会儿是咸亨酒店的小伙计，一会儿是离乡的知识分子。身份不同的他们，共性是目光有感情、叙事有温度。此外，这些变化的身份和经验，不是鲁迅的无由想象，而是他的人生经验的杂糅、搬运、整合后的结晶。对于鲁迅，任何叙事都有立场，尤其是小说。他是要用他的笔疗救人世。著名作家，作品百年流传，这是今天的结果，但不是鲁迅写作时的目的。

胡适在《文学改良刍议》中提出八大主张："言之有物""不模仿古人""需讲求文法""不做无病之呻吟""务去烂调套

语""不用典""不讲对仗""不避俗字俗语"。这八大主张，今天看来，除个别主张可待商榷，其他于写作都是真经。鲁迅的小说，也是这八大主张的创作典范。

纪念新文化运动百年，一定要全面而不是割裂地去理解历史，理解人物，更不能歪曲历史，误解人物。许多人喜欢走两极，不是对自己的传统不加分析地盲目继承，就是越来越不加分析地崇洋媚外，结果就会导致文化传承中的一团糨糊。为什么这么说？以鲁迅为例，这样一个民族的思想和文化巨匠，在今天的书写和传播中，经常被以各种理由和各种方式边缘化和弱化。这种不断抛弃自己的文化财产、猴子掰玉米式的做法，最后会两手空空，只能去搬运别人的东西。我们这个民族在文化传承方面，要特别警惕走偏路。

尽管二十多年前写硕士论文时开始研究鲁迅，提笔写鲁迅，还是觉得笔力不逮。好在只是抛出问题，敬请方家批评。

一个人的"五四"

——《两只蝴蝶》及新诗

《两只蝴蝶》是胡适 1916 年 8 月 23 日写的一首诗，也是现代文学史上的第一首白话文诗。无论当时还是今天，从诗体本身来看，这首诗都被认为是平平之作。但它在文学史上的地位以及它传达、传播的信息，一直被认为是独一无二的，是珍贵的。

先说写作当时。有史家说中国近现代史上的重大革命活动是在异国他乡酝酿成熟，比如辛亥革命，比如新文化运动。这与当时中国社会现实环境有关。一方面，封建制度对于整个中国社会方方面面的发展都形成严重阻碍，另一方面，整个世界发展出现高地，先进强大地区（包括文化）势必对落后贫弱地区（包括文化）形成压迫，东西方列强在用武力敲开中国大门之后，开始了大规模的文化入侵战略，比如庚子赔款留学计划。庚子赔款留学计划，从始作俑者的美国角度，本质上是一项长期的文化战略，但客观上，让少部分中国知识分子开始了解外面的世界，从盲目自信的封建老大意识里清醒过来。"师夷长技以制夷"，这是辛亥革命前一部分中国社会精英分子的普遍共识。辛亥革命是孙中山与同盟会、兴中会元老在日本东京、长崎等地酝酿，新文化运动是由庚子赔款赴美留学生胡适等人率先举旗。写《两只蝴蝶》时的胡适，作为第二批庚子赔款的留美学生，已经从康奈尔大学文理学院转到哥伦比亚大学杜威门下钻研哲学。

可以看看当时的留学规定。根据1908年10月28日中美两国政府草拟的派遣留美学生规程，有些规定可以了解一下。比如，自退款的第一年起，清政府在最初的4年内，每年至少应派留美学生100人，自第5年起，每年至少要派50人赴美，直到退款用完为止。这一项是总体目标，应该基本实现了。比如，被派遣的学生，必须是"身体强壮，性情纯正，相貌完全，身家清白，恰当年龄"，中文程度须能作文及有文学和历史知识，英文程度能直接入美国大学和专门学校听讲，此外，他们中应有 80% 学农业、机械工程、矿业、物理、化学、铁路工程、银行等，20% 学法律、政治、财经、师范等。这一项是对留学生的考核要求和学业要求。有意味的是，迄今为止，我们留学海外特别是美国的学生，申请农林理工专业，还是远比申请文科专业容易。换句话说，美国在对待中国留学生政策上，一百年几乎没变。跟今天的留学环境差不多，能够获得庚子赔款留学机会的学生，一则要有文学、历史和英语学业基础，二则家境不错，能够负担起一些生活用费。此外，庚子赔款留学生中的相当一部分人，起初申请的专业跟最后学成的专业大相径庭，这是因为一则欧美国家特别是美国的大学学习期间允许转专业，二则一些留学生申请理工科是权宜之计，他们真正的兴趣还是人文学科。胡适便是一例。胡适最初申请的是康奈尔大学农学院，后来转到文理学院，最后又考到哥伦比亚大学攻读哲学博士学位。庚子赔款留学除了美国之外，后来英、法、荷、比等增加进来。庚子赔款留学总数不详，但这批借由庚子赔款留学海外的学生后来大多成长为中国现代史上的政治、科学、文化界的精

格桑花姿姿势势

英。推断其因，大概因为他们基本上是家世不错的少爷和小姐，在国内接受过较好的人文教育，经由庚子赔款项目，又有机会接受西方现代科学文化教育，眼界和功底都不错，回到国内，只要他们能够踏踏实实在某个领域耕耘，基本都属于开天辟地，能建创业之功。

新文化运动是经由文字革命开始，最先开始的是早期留美的青年学生。1915 年美国东部中国留学生成立文学科学研究部，胡适担任该研究部的文学委员。这期间，有感于旧有的语言方式对思考和表达的严重桎梏，胡适大力提倡简易文体和对话体写作。在安徽教育出版社 2006 年出版的《胡适留学日记》中，我们可以清楚地看到胡适当年的思想。在1914—1916 年这三年的日记里，胡适记载了对于文字、文体问题的一系列思考，写了不少白话诗，对古人诗歌也做了评论。我粗略地数了一下，这一段时间涉及诗歌的文章大约有三十来篇，如《诗贵有真》《三句转韵体诗》《秦少游词》《诗乃词之进化》《陈同甫词》《刘过词不拘音韵》《山谷词带土音》《杨、任诗句》《答梅觐庄——白话诗》《答觐庄白话诗之起因》《杂诗二首》《一首白话诗引起的风波》《杜甫白话诗》《打油诗寄元任》《宋人白话诗》《改旧诗》《白话律诗》《打油诗一束》《打油诗又一束》《写景一首》《打油诗》等。顾名思义，这些文章的主题内容从题目几见端倪。

显然，力主白话文写作并率先用白话文写诗的胡适，对于古诗并非不喜欢，更不是不懂。从胡适对宋诗的研究就能看出，胡适的古典诗文功底深厚。中国是个出诗人的国家，甚至是诗教国家，这就好比有的民族是歌舞民族，但凡开始说话走路，就开始唱歌跳舞。感时伤怀、生离死别、场合应酬、抒怀言志，无一不用到诗。唐诗是中国诗歌的高峰，宋词较之唐诗，偏重理趣。胡适喜欢宋诗，可能也与其性情爱好有关。本质上，胡适不是一个浪漫的诗人，他是一个理性随和的学者，这在许多人关于胡适的印象记忆中也能看出。胡适性格中的学者气大于其文人气，这也是胡适文学创作上成就并不突出的一个重要原因，换句话说，这也不是他的追求。这一点是他跟鲁迅的区别。鲁迅的前面尽管有革命家、思想家等定语，但终其一生，鲁迅作为一个作家的实践始终没有停止。而胡适公开地说文学只是他的爱好，他的职业是哲学。相对而言，在哥伦比亚大学上学这段时间，也是胡适文学创作较多的时期。期间，胡适写了许多打油诗，既出于"拨乱反正"、文体探索的需要，也是天性使然。胡适广交朋友，擅长演讲，性格幽默平和，人又聪明，写打油诗体现了其对于语言使用的一个原则：晓畅明白。

在日记中，胡适主张，写诗第一贵真——真切、真实、真情；第二畅白，畅白涉及文字形式，也涉及内容，他认为写作要平易近人；第三讲韵律。

第一点最好理解。在此插播一下，《两只蝴蝶》最打动我的，恰恰就是一种石破天惊的"真"。今天，我们男女相爱互相表白是可以畅所欲言，但是，一百年前的中国，刚刚从皇帝的龙袍下解放出来的中国社会，前一刻还男女授受不亲，后一刻则公然用语言来表情示爱，这是文字的革命，更是观念的革命，冲破的不只是文字本身的束缚，更是理学观念的重重枷锁。言之有物，不做无病呻吟，这也是"真"所要提倡的文学主张。继续联想到今天的白话诗，许多诗反倒越写越复杂，越来越看不懂了，白话还是白话，诗却不是原来的诗，所指和能指缺乏严密的逻辑关联。

第二点是文字革命的具体表达。提出这一点，从中国文字的传承来看，是有基础的。中华文明之所以在民族和国家变动不居中依然根脉不断，文字和文化始终一脉相承很重要。胡适认为白话文革命不是空穴来风，从宋诗开始就有"白话诗"之说，说明白话的基础很扎实。胡适这个观念，在东部留学生中一开始并没有得到什么反响，这让胡适感到孤独。这些留学生因为受过很好的中国传统文化教育，对于中国古典诗词难以忘怀，这一点是正常的，毕竟中国古典诗词是中国文化的精华之一，它在高峰时期的美是无与伦比的。但是，一个时代有一个时代的文学和文字——这是就具体形式而言，到了晚清和民国，科举八股文以及各种形式主义化文字，无论作为公文文体，还是作为诗文写作，已经严重不适应时代生活剧烈的变化。

前两点好理解。第三点关于韵律的主张，这一点往往被后来的我们忽略。我想多说几句。胡适不是反对死气沉沉的旧体诗，主张用白话文写诗吗？韵律不是旧体诗的遗产吗？与有韵律的古诗相比，白话文写诗要不要押韵，怎么构造意境，是大家感到困惑的地方。这些问题特别重要，解决得好不好，决定了中国新诗出不出成果。

　　　　　　　　　　　　　　　格桑花姿姿势势

什么是延迟满足呢？最常见的情况就是带孩子上街，孩子要买这买那，家长不给买或者说以后再买。这属于最简单的一种延迟满足，可如果认为这就是训练自控力的全部，就有些片面了。

第二，用白话文写诗，也要讲究意境构造。《两只蝴蝶》便是实践成果。就文本而言，这是一首小型叙事诗，用动作和细节描写两只蝴蝶的合与分，"双双飞""忽飞还""怪可怜""太孤单"，这些富有鲜明情感色彩的语词，很容易让人联想到早期的诗歌，比如汉乐府《江南可采莲》。《江南可采莲》里方位词的变化，映衬着不变的、坚持的"鱼戏"这个场景，强化和放大了现场。没有人因此觉得它写得单调，反而被这种情绪感染。今天我们的诸多流行歌曲和民谣也是用这种旋律和意境的重复来"叠景"。到了鲁迅写《我的失恋》这首诗，因是故意调笑张衡的《四愁诗》，故此步其韵而写，使用的全是白话文。《四愁诗》写相思之苦，原诗四段，每段七句，在每段第四句相继出现"美人赠我金错刀，何以报之英琼瑶""美人赠我琴琅轩，何以报之双玉盘""美人赠我貂襜褕，何以报之明月珠""美人赠我锦绣锻，何以报之青玉案"。鲁迅写《我的失恋》，把第四句改成："爱人赠我百蝶巾；回她什么：猫头鹰。""爱人赠我双燕图；回她什么：冰糖葫芦。""爱人赠我金表索；回她什么：发汗药。""爱人赠我玫瑰花；回她什么：赤练蛇。""百蝶巾"对"猫头鹰"，"双燕图"对"冰糖葫芦"，"金表索"对"发汗药"，等于是诗意有情之物对干巴甚至恐怖的实物，这种错位的意象使用，形成鲜明对比，让人忍俊不禁，达到讽刺效果。

第三，白话文写诗，要有趣味。现在，我们常常拿来开玩笑的两首白话诗《两只蝴蝶》和《我的失恋》都是大师之作。胡适和鲁迅两个大师被广泛打趣，原因在于大家觉得这两首诗超越了大师的平常"文格"，写得滑稽、有趣。没错，滑稽有趣，是美学的一种趣味。新月派代表诗人徐志摩在《民国最美的情诗》一文中，大赞胡适这首诗写得"晓畅明白，通俗感人"。"晓畅明白""通俗感人"，正是早期白话诗提倡的美学趣味。当然，并不是所有的人都能接受诗歌这种趣味的变革。不仅当时就有人表示批评，比如学衡派教授胡先骕写了一篇长达两万多字的批评文章，言其"死文学也，其必死必朽也。……胡君辈之诗之卤莽灭裂趋于极端，正其必死之征耳"。今天，同样也有许多人对胡适的诗歌不以为然，比如台湾诗人余光中就认为"胡适等人在新诗方面的重要性也大半是历史的，不是美学的"。余光中的观点代表了很多后来人对于胡适早期白话诗歌成就的认知。唐诗以其意象意境隽永深致被大家喜欢，到了白话诗的时候，仍然需要用白话文构造意境并达到美感目的。诗人用白话文写诗，构造意境的本事倘若丢了，诗歌光剩下浅白，也就没有诗味了。

胡适不仅提出了用白话文写诗这个主张，并身体力行。与胡适同时代的鲁迅与胡适的侧重点不同，鲁迅是纯粹意义上的作家，是文体学大家，诗歌小说散文杂文无一不精，因此后来在白话文创作上的成就要远远大于胡适。鲁迅对于诗歌，无论古体还是新诗，都写，并相当有水准。关于如何用白话文写诗，鲁迅有很多理论思考。就以打油诗《我的失恋》为例，用鲁迅在《野草英文译文序》里的话，是"因为讽刺当时盛行的失恋诗，作《我的失恋》"，"不过是三段打油诗，题作《我的失恋》，是看见当时'啊呀阿育，我要死了'之类的失恋诗盛行，故意作一首用'由她去罢'收场的东西，开开玩笑的。这首诗后来又添了一段，登在《语丝》上了"。由这段话，不仅知道鲁迅写这首诗的心理历程，而且一个活泼幽默充满情趣的鲁迅跃然纸上。这与后来被刻板化和严肃化的鲁迅形象迥然不同。没错，正如许多研究者所言，鲁迅有其严肃、庄重、"横眉冷对"的一面，也有其平易、诙谐、"孺子牛"的一面。"创作新诗有没有句式？有。句式不变，调韵甚至也不变。诗情，诗心，都为之一变"，关于这首《我的失恋》的评论，真是太到位了。

今天，我们谈论五四新文化运动，谈什么？当然首先是谈它的思想文化意义。五四新文化运动开宗明义，倡导民主和科学，反对专制和愚昧、迷信，提倡新道德，反对旧道德。五四新文化运动发生在西方列强用枪炮敲开中国大门，中国旧有制度和文化已经完全阻碍社会发展进步和领土安全之际，中国新民主主义革命以思想文化革命为圭臬，最大成果是"开天辟地"，建立新社会、新制度和新政权。五四新文化运动的巨大贡献，或者说完成了的工作，是文化和思想的启蒙。因此，今天我们纪念五四新文化运动，要把它放到具体的历史环境里，充分认识它已经结束的使命和尚未完成的使命。五四新文化运动的思想文化革命，对于民族成长和国家建设不是一蹴而就，当然也就不是阶段性和短期的工作。

五四新文化运动之新，是毫无疑义的。五四新文化运动高举的一面大旗，就是提倡白话文，反对文言文；提倡新文学，反对旧文学。从历史的漫长的坐标来看，新和旧都是相对而言的。但是在历史的转折点和转型期，新和旧会表现为突变和质变。五四新文化运动开启了新文学的大幕，中国现代文学从此走上了历史舞台。旧文学和新文学之别，首先表现为语言形式之别即白话文和文言文之别。这是断裂式的差别。对于写作来说，语言是一种形式。但是在语言与语言之间，语言本身就是思想、文化、观念，也即内容。不同的语言，具有不同的情感习惯和逻辑习惯，甚至思考习惯。比如同样是小说，曾朴的文言文小说《孽海花》等，虽然开启了近代小说写作的先河，但我们也不会称之为新文学。新文学要从鲁迅发表《狂人日记》算起。语言的这个变革在明面上，容易辨析。用白话文写作，形成新的文体，比如新诗。五四新文化运动开启的文学样式，新诗即便不是其中最引人注目的那颗钻石，也是最富有含义的那朵玫瑰。

因此，如何认识五四新文化运动，还有一条相对缩小的线路，即五四新文化运动的文学路线。

　　　　　　　　格桑花姿姿势势

重建写作的高度

——致敬李修文和《山河袈裟》

　　有人也许会问是不是在"写作"前面加个定语"散文",不,应该就是"为写作重建高度"。

　　它是散文吗?是!上架建议:散文。但许多人说它像小说。没错,它对人物细节的抓取描绘,它的曲折跌宕的故事讲述,都是小说的日常特征。简单地说,它是跨界。不简单地说,它建构了一个超级文本,产生了强烈的异质性、陌生感,让我们陷入了文学鉴赏的纯粹状态。什么是纯粹的文学鉴赏状态?被鞭挞、被同情、被刺激,感同身受、嘴舌生津,以至神游万仞、身心舒泰。纯粹的文学鉴赏状态,首先是文字层面的感官愉悦,其次才是意义层面的认知共鸣。

它，就是小说家李修文在文坛沉默十年后新近出版的这本《山河袈裟》。

清晰的面目和鲜明的蝉蜕

李修文十年磨剑，用 33 个篇章 20 万字记录的这些阅历、经验和体悟，其用力之猛、用情之深、用语之新，极如望帝啼血产生的鲜明极致的美学成果。作为阅读者的我们，仿若久陷雾霾之后突然看到湛蓝透彻的晴天，内心除了惊喜、恍惚、感动，还有不解、不信：这一个晴天从何而来？这个超级文本的面目实际上十分清晰，我们的不解和不信基本来自惯性和偏见。

《山河袈裟》面目清晰，主要表现为审美取向的明确。审美取向的模糊和暧昧是现代艺术的特征，《山河袈裟》是逆反。对于文学作品，审美取向包括社会学维度、伦理维度以及纯粹意义上的美学维度的取向，审美取向的具象表现是对人物形象的选择性塑造、对事件是非的价值臧否。

"是的，人民，我一边写作，一边在寻找和赞美这个久违的词。就是这个词，让我重新做人，长出了新的筋骨和关节……此刻的车窗外，稻田绵延，稻浪起伏，但是，自有劳作者埋首其中，风吹草动绝不能令他们抬头。刹那之间，我便感慨莫名，只得再一次感激写作，感激写作必将贯穿我的一生，只因为，眼前的麦浪，还有稻浪里的劳苦，正是我想要在余生里继续膜拜的两座神祇：人民与美。"

开宗明义，李修文在《自序》里如此坦陈。我认识另外两类写作者：一类是即便内心深刻认同"人民与美"，也会写"人民与美"，但他们通常不会承认，会自我调侃，降低调子，以示没有超拔于现实生活中平庸的大多数，这是对审美取向的不坚定和不自信；另一类就更多见了，出于各种各样的现实利益考量，他们把自己装扮成"人民与美"的代言人、书写者，一边说着大话、写着大词、把人民和家国挂在嘴边，一边整天行着蝇营狗苟的营生，"人民与美"在他们的内心毫无价值，不过是他们奔走名利场的捎带脚的工具，这种人把写作的生态严重破坏了，看到他们的作为，人们开始耻于谈"人民与美"。

崇拜"人民与美"并能够坦率写出来者有没有？有，李修文就是一个。但李修文的这种坦陈因为罕见和直率，以至于许多人选择忽略，不肯正视，不去谈论。是呀，一个如此富有写作能力的曾经的"纯文学作家"，他为什么要去赞美"人民与美"，是投机吗？还是随便说说？

人民，是对关注和表现对象的圈定。美也是，不过，更宏泛、更开阔。没错，写爱情小说、以技巧见长的李修文，他的同辈或者他的上下辈，似乎还没有一个人像他这样高声而不是遮遮掩掩、真挚而不是矫揉造作地赞美"人民与美"。他让我们对被概念化和模式化了的"人民与美"另眼相看。

李修文这十年到底经历了些什么，以至于实现如此鲜明的蝉蜕？

"写下既是本能，也是近在眼前的自我拯救。"具体的生活经历包括精神经历无从得知，但我可以肯定的是，这沉默的十年不是平静的十年，写作的取向以及写作的去向，对于写作的理想主义者李修文来说，恐怕是最主要的困扰之一。其他的困扰，比如生与死、存在与虚无，也会让他苦恼，甚至绝望，但这些困扰的起点应该都是"写作"。对于一个作家来说，"为什么写"意味着写作的终极意义。一个人的生命，要靠自己去完成。一个作家的写作方式，也要靠他自己去悟解。《山河袈裟》的完成，意味着李修文的文学观的修正和清晰化。

文学观包括写什么、怎么写和为什么写。写什么和为什么写，李修文在《自序》里说得很清楚。我们的另一重关注是，《山河袈裟》能把"人民与美"写得很清楚吗？李修文眼里和笔下的"人民与美"是什么样的？

有人说《山河袈裟》写的"人民"，不是我们的"人民"。也有人说《山河袈裟》主要不是写人，而是写一种神秘主义和浪漫主义情绪。这些话都对，也都不对。

为什么说"都对"？《山河袈裟》写的是清晰的人民，而不是泛泛而指的人民，这个人民不是模糊的被道德化的代词，而是一个可以亲近的芸芸众生的集合体，他们实实在在地生活在我们的周边，我们每个人都是这个集合体里的一分子。《山河袈裟》写这些常常被忽视的具象的个体的情感，写他们行走天涯的命途，写他们畸零岁月的常情，甚至写他们被甩出生活常轨后的坚持。对，写他们在生活的各种弯道里的行走。辩证唯物主义认为，生命是注定丰富和不完整的，是饱含各种意外的。《山河袈裟》就写不完整的现实生命里的真情，把人从具体的职业和身份外套里还原出来，还原成一个个赤子，锦缎也好，袈裟也好，跳动着的心是同样赤诚的真和善，真和善让我们的感官受到触动，这就是李修文对于"人民与美"的认定。他的表达方式，看起来是诗性的、浪漫的甚至是传奇的、戏剧的，但我们又怎能随随便便就否定它的真实性和可靠性？我们对我们周边的人民又有多少认真的观察？躺在医院天台上的水塔边苦熬了一个通宵后的李修文，决定从此不仅要继续写作，还要用尽笔墨"去写下我的同伴和他们的亲人"，经验是他的炼狱，也是天堂。

三个关键词：山河岁月、人民和美

读李修文的《山河袈裟》，有三个关键词：山河岁月、人民和美。

先说美。

大概在十几年前，一个大雪天，我坐火车，从东京去北海道，黄昏里，越是接近札幌，雪就下得越大，就好像，我们的火车在驶向一个独立的国家，这国家不在大地上，不在我们容身的星球上，它仅仅只存在于雪中；稍后，月亮升起来了，照在雪地里，发出幽蓝之光，给这无边无际的白又增添了无边无际的蓝，当此之时，如果我们不是在驶向一个传说中的太虚国度，那么，连我自己都不相信。

有一对年老的夫妇，就坐在我的对面，跟我一样，也深深被窗外所见震惊了，老妇人的脸紧紧贴着窗玻璃朝外看，看着看着，眼睛里便涌出了泪来，良久之后，她便对自己的丈夫，甚至也在对我说："这景色真是让人害羞，觉得自己是多余的，多余得连话都不好意思说出来了。"

这是《山河袈裟》第一篇《羞于说话之时》开头。这种"羞于说话"情境，此后随时跃然纸上。

半年前，看完《山河袈裟》，我也写下一句话："有的人多年只出一本书，却让我看完，什么都不敢写了。"这是一种难以名状的绝望，所有自以为是的置喙可能都成废话。我也羞于说话，我若是聪明，便会"不要在沉默中爆发，要在沉默中继续沉默"。天地有大美而不言，原因或有二：一是不能言，一是不愿言。于我，是不能言，害怕转述将原义减分、打折。

《山河袈裟》是李修文在写完《滴痣泪》《捆绑上天空》后，积攒了十年的文字，散发出浓烈醉人、情真意切的大美。

这是怎样的一种浓烈的美？仅仅因为写到天地，写到生死，写到人心吗？

司马迁在《太史公自序》里说"究天人之际，通古今之变，成一家之言"，不错，写到天地，容易有浩荡之气。但是，在《山河袈裟》里单独写天地的篇目，只有一篇《青见甘见》。

自兰州租车，沿河西走廊前行，过了乌鞘岭和胭脂山，再越漫无边际的沙漠与戈壁，直抵敦煌；之后，经大柴旦和小柴旦，进了德令哈，再翻橡皮山和日月山，遥望着青海湖继续往前；最终，过了西宁城和塔尔寺，历时一月之后，我重新回到了兰州……这是应当从我注定庸常的生涯里抽离的时光，见了甘肃，再见青海，见了戈壁，再见羔羊，这青见甘见不是别的，就是刻在我魂魄里的迷乱"花见"。

风暴肆虐，荒漠广大，生灵畏惧，闪电、流沙、庇护，这种抽离出日常的"天地"之美,是李修文的"神迹",是珍藏,是稀罕,是不能常见也不能常言的敬畏。因为发自肺腑的敬畏,天地在《山河袈裟》里,是"羞于直接言说"的内容和对象。天地也即山河,在李修文的文字里,被隐藏起来,成为混沌和无处不在的底色、背景和屏风。李修文不是站立在那儿,平视着山河,审美式地指手画脚——这是平常书写的姿势。李修文是拜万物为神,山河即一神,是情感主体,是复活的生命。

李修文不仅拜山河为神,还拜人民为"神"。山河混沌,面目清晰的是人,是人民。人在天地间生活、行走、爱恨,山河的岁月是人的岁月。发现人的传奇,发自内心地去体谅他们、热爱他们,眼前不只是苟且,眼前就有诗意。写到生死,是通达之情。写到人心,写读书人已丧失、只在屠狗辈留存的"深情""厚义"。

李修文为什么会这样写人和自然?庄子在《齐物论》里提出"天地与我并生,万物与我为一"的主观精神境界,安时处顺,提出万物平等观,提出与万物的差别相比,万物的一致性更明显,包括人。人民与"我"本来就同高,而不是"我"蹲下来,与人民取同高。

他们是谁?他们是门卫和小贩,是修伞的和补锅的,是快递员和清洁工,是房产经纪和销售代表。在许多时候,他们也是失败,是穷愁病苦,我曾经以为我不是他们,但实际上,我从来就是他们。

在《每次醒来,你都不在》里,电信局临时工老路对于父子亲情的表达方式犹如爱情一样煽情。在《阿哥们都是孽障》里,穷途末路的庄稼汉和穷途末路的文人一样,瞬间可以过命,结下千里万里的情义。李修文的"齐物论"、众生平等论是这样的纯粹、强烈,以至于他能从这些已经从日常生活轨道脱轨的人身上发现生命的力量和倔强,发现深刻动人的美好,比如,《长安陌上无穷树》里病房里的岳老师那压抑的激情,《郎对花,姐对花》里沦落风尘的烈女子,《鞑靼荒漠》里在荒岛上种植乌托邦的莲生,等等。众生平等,使李修文看清楚了周遭。能发现这些人,才是李修文能写出这些传奇和惊喜的关键。

但显然,李修文不仅受庄子的影响,也深受儒家文化积极入世、侠义恩仇的影响。这成就了他的深情和厚义。

"真实的谋生成为近在眼前的遭遇，感谢它们，正是因为它们，我没有成为一个更糟糕的人，它们提醒着我：人生绝不应该向此时此地举手投降。"

我们可以先看《苦水菩萨》《看苹果的下午》，再看《夜路十五里》《扫墓春秋》《在人间赶路》，看到这个童年被寄养的男孩，怎么对生死有了过早的超然，怎么与佛结下缘，怎么学会抑制悲伤、学会忍耐、学会认命、学会反抗。李修文写山河岁月，吸引我的不是关于山河的抒情、对于山河的敬畏，而是与日常人生须臾不分、不假苟且的浩荡岁月。

怎么解读《山河袈裟》这四个字，其实只要看《未亡人》这一篇就可以了。

"我实在是喜欢这个人，苏曼殊……但那笑容是慈悲吗？那难道不是绝望吗？多少人都看见过：笑着笑着，他便哭了。"

李修文为什么喜欢苏曼殊，他是"同病相怜"和"才子自况"。一个生下来便为弃儿，一个从小被寄养。"破禅好，不破禅也好。"

"如果说他心里的确存在一种宗教，我宁愿相信，他信的是虚无，以及在虚无里跳动的一颗心。"

"我愿见一场盛宴，别人奔走举杯，他兀自坐着，兀自对着酒杯发呆。南宋的杨万里早就写下了他的定数：未着袈裟愁多事，着了袈裟事更多。酒杯里盛着他的一颗心，那是上下浮沉的一颗心，好像红炉上一点雪：生也生它不得，死也死它不得。"

这里的每一句话，都是李修文的自诉。所以，《山河袈裟》这本文集写了许多人、许多事，最重要的是它写出了这个时代的李修文。文字的力量最终来自真诚。

关键是跳跃的高度

说实话，虽然主观情感上李修文更倾向于苏曼殊，"曼殊要的并不是糖果，他要的，是和人的相亲，是不让别人将自己当成旁人。"但语词结构上，李修文可真的像纳兰性德，古典文化包括古典诗词、传统戏曲的影响十分明显。这些影响，让李修文的思想有了景深，也让他的文字生发出香气。对于写作，文字本身就是内容。有的文字天生有色彩和香气。

　　　　　　　　　格桑花姿姿势势

有的文字无论怎样加茴香大料，都不吸引人。李修文的文字意象繁复密度大，句式跳宕，善于远取譬，风格风流婉转又率性直陈，但文字不是吸引我的主要原因。

"姿势不重要，重要的是跳出高度、打破纪录"，散文家穆涛说："跳高时谁管你是背跃式还是跨越式，关键高度是升到了 2.18 米还是 2.36 米。"

李修文跳出了怎样的高度？

一、认知高度

以"散文"为文体的写作，每年有大量的文字产生，洋洋洒洒者有，喊喊喳喳者也大量存在，主观抒情者有，描摹山水者也有，但是在大量的文字中，能够把人性和人情写得好的作家不多。有人说，这是个时代悲剧，我们的文字缺乏把握现实生活的能力。其实，这可能是任何一个时代的悲剧，文字是后知后觉，永远无法完整地记录它的时代。今天，留存在经典里的作品，理论家从理论范式研究的角度，努力找出文本形式的价值，但是，当我们退还到纯粹的阅读角度，谁会在乎它的"范式"？我们只会在意它发现了什么，在意这种发现有没有打动我们。谁都知道，打动我们的一定不是泛泛的认知，一定是细微、细致、细密的发现，是能够沟通个体心灵的异常中的日常和恒常。这有点拗口，其实说的就是各种常情常态。常情常态，一是人的本性的内生和自带，一是后天的文化传统使然。它们的存在，被发现，会让我们震惊、释然，修改对生活和生命的认识。

人性和人情当然有常态，但我们认知的人性常常被各种外在的因素篡改，不复存在，我们叫"异化"。如果在各种复杂的篡改下，还能拥有这种人性和人情的本来，发现这个本来的人是多么幸运！他必须首先有心力、有识见，能够拨庸见奇，发现并能写出来分享，让不同的个体获得人性和人情的本来的慰藉和支持。这就是文学产生和存在的本来。写出人性和人情的作家，一定代入了自己的性和情，以性逆性，以情逆情，文字才能生发说服力、感染力。

在《山河袈裟》里，李修文表达了怎样的情与义，他的依仗或者是文化依据是什么？从《山河袈裟》里，我读到的字字句句，都是"共情同命"。《羞于说话之时》是对自然界美的共情，《枪挑紫金冠》是对"爱、戒律和怕"的共情，《每次醒来，你都不在》是对热烈的亲情的共情，《阿哥们是孽障的人》是对沦落之人的侠义的共情，《郎对花，姐对花》是对沦落之人的烈性和深情的共情，《鞑靼荒漠》是对沦落之人的坚韧的共情，许多人都喜欢的这篇《长安陌上无穷树》是对反抗和尊严的共情，《认命的夜晚》是对悲伤的命运感的共情，《青见甘见》写自然物象之威严宝相就不说了，《惊恐与哀恸之歌》显然是对惊恐与哀恸的共情。《夜路十五里》其实是典型的自传，是自己的故事、自己的体验、自己的悲伤、自己的反思，这种彻底的解剖式文字也贯穿了全书，只有把自己的真性情打开，把皮袍下真的"小"放出来，才能实现与生活中关注对象的共情，才能让读者信任文字，实现与读者的共振。

从《夜路十五里》开始，作家的"本我"越来越多。《苦水菩萨》一定要认真读一读，它写一个被寄养的孩子怎么获得与自然、与人、与佛的相处，是李修文的成长笔记。经历的痛苦和迷惘，对于成长中的孩子是疾风苦雨，但最终是滋养，当这些经历自然而然地融入一个人的生命底色，由此获得的命运感知，会让这颗成长了的心智具有理解和同情的能力，这就是"同命"之后的"共情"。《看苹果的下午》就很典型，一个弱小的孩子对于一个成年人的同情和宽宥，是令人耳热心跳的。《扫墓春秋》写到墓园里的疯子和迷狂，说，"我们每个人活在尘世里，剥去地位、名声和财产的迷障，到了最后，所求的，无非是一丁点安慰，即使疯了，也还在下意识地寻找同类，唯有看见同类，他才觉得自己是安全的，不必为自己的存在而焦虑，而羞愧"，这段话有实指，也有泛指，李修文在此是对人活一世的孤独和不易的普遍同情。或许正是看到了普遍存在的"焦虑"和"羞愧"，十年之后的李修文已经可以放下自己的"焦虑"和"羞愧"，认真地拿起了笔，进入到纯粹写作状态中。

还有这段话，"只要时间还在继续，时间的折磨还在继续，寻找同类的本能就会继续，黑暗里，仍然希望有相逢，唯有与同类相逢，他们才能在对方的存在之中确认自己的存在；找不到同类，就去找异类，找不到人间，就去找墓地，找不到活人，就去找坟墓里的人，因为你们和我一样，都是被人间抛弃在了居住之外，聚散之外，乃至时间之外"，这种飘零和寻找，这种离散感，简直就是莎士比亚戏剧里的《李尔王》和《哈姆雷特》。

《把信写给艾米莉》是对精神偶像的一次表达，这类直接抒情在《山河袈裟》里不多见。《她爱天安门》讲述具有传奇性的人物和故事。《火烧海棠树》写一个女人命运多舛：孩子截肢，丈夫被撞死，她把恨撒在了一棵海棠树上，自己又被烧伤。这是一个弱者的反抗，怒气冲冲，却让人把眼泪流干。《失败之诗》更是写了各种各样失败的人、情境、因由。

"他们是不洁、活该和自作自受的"，这是冷酷的现世对于畸零人以及困境的人不约而同的歧视。成王败寇，是现世实用主义信奉的美学。中国老百姓普遍不信宗教，生命对他们只有一次，抓住现世的成败得失便显得特别重要。生活中的没有终极感，体现在我们许多作家的文字中，苦难便真的是无涯苦海。

二、写作高度

同样是写失败甚至苦难，为什么我们不会把《山河袈裟》说成底层叙事或苦难叙事？这依然是价值取向和美学取向的问题。

《山河袈裟》为什么不觉得写得苦，而觉得写得美？这个美不是由文字的虚饰煽情而至，而与文字提供的经验和惊奇有关。它让我们惊奇于现实中存在这些真人。这是李修文的写实和记录，是他的取景框和编辑机。所谓真人，即经历各种煎熬之后还拥有珍贵的情义。这是一方面。另一方面，《山河袈裟》对于终极感的表达，说服了我们。"谁的一场尘世，不都是自己误了自己？"

我们通过这些文字看到了什么？李修文曾说，他写作是发现、重温和回忆这三句话：一是"无为在歧路，儿女共沾巾"，一是"同是天涯沦落人"，一是"白茫茫一片真干净"。或许有人说这三句话都在表达一种虚无感，见仁见智，我看到的则是天涯羁旅。这与李修文成长的文化背景有关，如前所说，他的确受庄子的"齐物论"影响，但也受儒家的"民本论"的影响，儒家积极入世的观点对于李修文的影响非常明显，这才有他对人世的眷恋、不舍、不弃、不甘，这才有各种歧路彷徨以及仗剑天涯。我们也可以把这种取向看作古典主义的情怀的表达——对于生命本来意义的坚持和执念。

为什么会这样？很显然，与他李修文接受的中国传统戏曲的教养有深刻关联。李修文生在楚汉的中心——荆门，祖上曾搭班唱戏谋生，对于戏文的熟悉以及对于舞台的迷恋，影响了他的成长，包括写作。作为一个人，李修文的身上有着明显的害羞的色彩，这与他的敏感多情有关。试想，如果不是因为害羞，李修文也没准会成为一个文武小生，那是一个必须无羞无臊极度打开自己的职业，一种天生的害羞让他选择了以写作为理想职业。恰恰好，他在文字里把戏曲的背景包括舞台艺术的结构艺术用上，把山河岁月讲得真真幻幻，把散章讲成故事，我们听得如痴如醉。当下作家能写出这样的高度者，还会有几个呢？

后记：是记录，是唤醒

收集在这里的文章，长长短短，早早迟迟，前后跨度至少二十年。

《姨妈》是三年前文章。之前，手头一直在写一个非虚构长篇，分了章节，《姨妈》这节开头写了大约两千字，就搁在那儿。因为《雨花》主编朱辉约稿，从文件夹里翻出来，接着写，写到一万字，问长不长，朱辉说"没事儿，发过来看看"。两个月后，刊发了，当期还有一篇叫《姨夫》的中篇小说，是河北籍作家胡学文的作品。《姨妈》像打开了瓶塞，搁置很久的散文写作又重新开始了。

我有悲观主义的毛病，越是心爱的东西，越喜欢藏着掖着，以为日久生香，结果藏着藏着，连自己都遗忘了，比如

《祖父的青春》。这篇文章当初写得很长，写祖父，也写祖母。祖父和祖母是一体，很难分开，特别是祖母，一生都以伺候祖父为生活内容，从祖父故去的那一天开始，原先精神昂扬的祖母，生命开始萎顿了。祖母是真正的文盲，六岁左右作为"养媳妇"来到婆家，与比自己大一岁的丈夫以及其他叔伯妯娌一起长大。婆家是大家族，从南昌迁到江北，又到了江南。流徙的过程，应该经历了很多打击，最终形成聚族而居的习惯。在大家族里，祖父行三，妇随夫姓，于是，祖母这一生，就是从"三姐""三嫂子"到"三妈""三婶"到"三奶奶"的转变。祖母是大脚，身量高，嘴皮利落，甚至还有点泼辣，加上长相标致，出出进进总是穿得很得体，在旧式家庭，也算人物了。祖母的原生家庭开豆腐坊，几个兄弟都进了城，在铁路系统工作，但记忆中，祖母很少提及娘家，相亲相熟的反倒是婆家的三姑六婆。这是旧式人的情感方式，跟现在电视剧里的小媳妇们是两码事。父亲是独子，我们就算是刘家的传人了，从小享受着祖母格外的照顾。写祖父的时候，写着写着就写了一大篇的祖母。与主角祖父相比，这些像是闲笔。时任《光明日报》文艺部主任彭程细心，在文章刊发后特意发来微信，说篇幅所限删了一些，出书时可再刊发全文。因搬办公室，电脑换了两次，等到这次出书想起这事，全文找不到了。也罢，补录在此。

我的散文写作大多是主动写作。迫不得已，完成人情和应承，这种情况很少。实际上，我经常会把应承和人情给忘掉、赖掉。写作是话到嘴边，写出来才舒服。有人曾问又工作又写作累不累？写作的人不会累。写作是放松，也是整理，写完那一刻体会到的如释重负的美妙，难以言传。

如果不写，会有什么不一样吗？这个问题偶尔也会从脑子里闪过。对我来说，肯定不一样。一个重要的不一样，是部分记忆将永久丧失。记忆是分层的，有些记忆，特别是久远的记忆、细微的记忆、与日常生活联系不紧密的记忆，已经被重重信息掩埋，如果不是写作重新激活，恐怕永远丢失了。随着年岁渐长、经历丰富、接受信息的渠道增多，这种体会越来越深。除了极少数记忆容量超群者，大多数人记忆条都是有限存储，存进去一些新东西，就会自动覆盖一些老东西。我自己的这种记忆消磁尤其明显。写《刚察往事》之前，三十年前的这段记忆几乎完全沉睡。神奇的是，坐在电脑前，敲出"刚察"两个字时，当年的情形，那辆从远处驶近的车，路边的牧羊犬，甚至连"刚察"站名用的字体，都复活在眼前。

因此，我把自己的写作分为记录性写作和唤醒式写作。收录在这本书里的文章，基本也是分成这两类。前者以思想随笔为主，后者以叙事散文为主。

第一次把文字变成铅字是1987年秋天。电影《红高粱》全国放映，张艺谋、莫言和西安电影制片厂的名字进入大学校园。在甘肃省电影家协会召开的一次研讨会上，我和班上另一位女生作为学生代表参加发言。大学中文系一年级学生第一次具体地接触"文艺评论"，幼稚是毋庸置疑的，受到的鼓励也是可想而知的。给《兰州晚报》悄悄地投稿，很快，便在报栏里看见了。清楚地记得收到稿费15元。兰州城里，当时牛肉面每碗一毛五，是那种大海碗。

这个记忆也被唤醒了。